Poudre blanche,
sable d'or

Matthieu Luzak

Poudre blanche, sable d'or

la manufacture de livres

Ouvrage publié sous la direction d'Elisabeth Samama

Si vous souhaitez recevoir notre catalogue
et être tenu informé de nos publications,
envoyez vos nom et adresse en citant ce livre à :

La Manufacture de livres, 101 rue de Sèvres, 75006 Paris
ou
contact@lamanufacturedelivres.com

www.lamanufacturedelivres.com

ISBN 978-2-35887-789-3

L'écriture est ma porte de sortie

Je bipe Farid en bas de sa résidence. Il descend. Il me fait son salut, un truc que j'ai découvert avec mes coéquipiers en prenant ma licence au club de foot du quartier, il y a cinq ans : on approche nos têtes doucement jusqu'à ce qu'elles se touchent, comme une bise mais crâne contre crâne. Avec mes potes d'adolescence, j'étais habitué aux checks à l'ancienne, la paume puis le poing, voire plus récemment deux tapes dans la main, mais je me suis mis au goût du jour. La radio est sur France Info. Farid s'assoit sur le siège passager au moment des résultats du foot. Putain, t'as vu le Real, ils m'ont niqué mon ticket, ces chèvres, heureusement j'en avais un autre avec le CSKA Moscou, mais regarde ce que j'ai raté. De sa sacoche Longchamps en bandoulière, il sort des tickets Cote et Match. Celui-là, c'est mort, il le met en boule. Il en froisse un autre. Si le

Real avait pas fait match nul, je prenais huit cent cinquante, il dit en me montrant son pari perdant à cent euros. Le Real m'a niqué mon combiné, moi aussi. Mais pas dans les mêmes proportions, je ne joue que des petites sommes.

À six heures du matin, on arrive vite au parking de l'aéroport. Farid me demande si j'ai pris à fumer. On devait lui laisser un truc, il a pas eu le temps ou le type a pas pu, je sais plus, je suis encore enfariné et il me parle trop vite. Oui j'ai du shit. De quoi tenir ces quelques jours oui, mais sans trop s'enfumer. Je préfère toujours assurer mes arrières, j'ai pas envie de me taper des insomnies. Farid, lui, a prévu un peu de cocaïne. Je me demande s'il tape tous les jours. On passe la fouille tranquillement à l'aéroport, notre matos dans le caleçon, on a tous les deux l'habitude. Je fume tous les jours, je voyage avec. Même en reportage à l'étranger, il me faut des joints le soir. Farid, lui, a fait des go fast et de la prison donc il transpire pas pour deux grammes de coke.

Initialement, on devait partir à quatre à Malaga. Farid, notre pote en commun Yacine, Rachid le beau-frère de Farid et moi. Des vols à quarante euros l'aller-retour. Farid me dit : on part quatre jours, je connais bien le coin, on ira se promener à Marbella, voir la mer, même si on se baigne pas hein, ça fait du bien. Il continue, on m'enlève le bracelet le 16, le 17 on part. Farid vend bien le séjour, j'ai pas de piges, pas d'obligations, ça me va. Le bracelet, il le doit à son arrestation un an plus tôt. Il a failli se faire serrer avec un kilo de coke. Il a réussi à s'en débarrasser au prix d'un délit de fuite, rébellion, violence sur personne dépositaire, blablabla. En comparution immédiate, il tombe sur un juge qui se souvient de lui, Farid a tenté de s'évader en sautant par la fenêtre de son bureau, vingt ans plus tôt. Le juge n'avale pas son histoire, j'avais pas mes papiers, j'ai eu peur d'aller au poste. Pour le magistrat, ça cache quelque chose, on ne court pas et on ne se débat pas quand on n'a rien à se reprocher. Un soir, Farid appelle de sa cellule. Je suis chez Yacine, qui me le passe. Bien ou quoi mon pote ? Farid parle doucement, plutôt inhabituel de sa part, mais il a pas l'air déprimé, ça va, j'ai tout ce qu'il faut, c'est pour les petits que c'est dur. Il s'arrange pour appeler son fils et sa fille régulièrement. Grâce à un contrat d'embauche bidonné par son beau-frère qui gère une société de sécurité, il espère sortir au bout de six mois avec un bracelet électronique. Je lui repasse Yacine que je vois faire la gueule et les gestes du mec qui rechigne à rendre un service. Non, mais attends, je commence à cinq heures demain, ma voiture elle est pas assurée, je roule pirate. Steuplé mon frère, t'as personne d'autre qui peut le ramener ton neveu ? Désolé, comprends. Yacine raccroche gêné, putain, il veut que j'aille chercher un petit du quartier, qu'on le ramène au *hebs* pour lui jeter du shit, un téléphone, de la C. Je peux pas moi aller à la prison, imagine je me fais *gdab*, je suis dans la merde, en plus je me lève tôt, je travaille. Il va pas t'en vouloir Farid, je demande à Yacine ? Si, mais bon, qu'est-ce que tu veux... je peux pas. Pour que Yacine rende un service, il faut qu'il y trouve un intérêt, je l'ai remarqué depuis un moment.

Farid est libéré avant le terme de sa peine, à condition de porter un bracelet électronique. On se revoit aux matchs de foot du club ou au PMU du quartier. Un midi, devant une pizza, il me raconte en détail comment il s'est retrouvé incarcéré : contrôle inopiné en bas de chez son frère, la poisse, les flics cherchaient un cambrioleur. Lui, déplaçait un kilo. Il a dû se défaire d'une clé de bras, mettre une balayette, courir, jeter dans une poubelle au détour d'un immeuble le sac plastique qu'il avait planqué sous son sweatshirt. Heureusement, ils ont rien trouvé quand ils l'ont rattrapé alors qu'il crachait ses poumons. Il est moins entraîné qu'eux, et fume un paquet par jour. Ça m'a coûté vingt-cinq mille cette histoire. Mais bon, au moins je suis dehors... Avec ce machin. Il me fait voir le bracelet électronique sous son survêtement. Obligé d'être chez moi à 18 h, je peux rien faire, même pas sortir le dimanche. Mais je vois mes enfants, c'est déjà ça. Il est pressé qu'on lui enlève le bracelet, et il me propose le séjour à Malaga, pour fêter sa vraie libération.

Quelques jours avant le départ, il m'annonce qu'on part à deux et pas à quatre. Tu comprends à quatre, même à trois, c'est chiant, pour faire des trucs, y'en a toujours un qui est pas d'accord, on perd du temps, là on va bien visiter, tu vas voir, je vais te montrer les endroits que je connais. Farid ajoute que Yacine l'a encore saoulé, il a emprunté cinquante euros à une des amies qu'ils ont en commun pour aller s'acheter de la C, il les rend pas, elle est obligée d'aller voir Farid pour qu'il intervienne, et il conclut que d'une manière générale y'en a marre de ce trimard et de ses grattages, et que s'il vient, il va falloir en plus lui payer toutes les vacances. Je suis embarrassé pour Yacine, mais je sais qu'il abuse de la générosité de Farid pour la coke, comme de la mienne pour la beuh. Je l'aime bien mais je peux comprendre qu'on soit saoulé.

Va pour Malaga en duo. Je vais enfin pouvoir bien discuter avec Farid, lui soumettre cette idée de scénario inspiré d'une période de sa vie en centre de détention, ou autre chose on verra. Chaque fois que j'ai essayé de le sonder, il a éludé, ouais pourquoi pas, on en reparle. Il est toujours speed, il a pas trop le temps, une heure par-ci par-là, un déjeuner en coup de vent, au mieux.

On se retrouve au café la veille du départ. Il veut bouger d'hôtels en hôtels, je lui fais comprendre que je suis un peu raide, je vais chercher un Airbnb dans mon budget. Pas de souci. Sa femme a déjà réservé une voiture sur internet. Cinq euros les cinq jours. Ça sent la douille. Mais je dis rien, j'ai d'autres soucis en tête. Savoir où je vais dormir le soir-même. À l'hôtel ? Ou rappeler cette meuf que j'ai pas vue depuis longtemps ? Ou chez Yacine avec son putain de chat qui pisse partout ? En plus je lui ai pas dit que je partais à Malaga, il croit que c'est annulé. Faut que je l'évite.

Une semaine auparavant, après plusieurs années de vie commune, j'ai rempli une valise, pris mon ordinateur et j'ai quitté une femme que j'ai aimée. Je la laisse en plan à l'aube de la quarantaine avec nos projets d'enfant parce que j'ai pas eu le courage de partir plus tôt, parce que je l'ai trompée, parce que c'est plus comme avant, parce que ça ne pourra jamais plus être comme avant maintenant que j'ai tout déballé. Je t'ai fait un enfant dans le dos. Je suis allé voir l'enfant, je me suis attaché à l'enfant. J'ai une fille maintenant. Je suis une grosse merde. Et un pigeon, je me dis. Pourquoi j'ai pas laissé l'autre conne avec l'enfant et ses papiers ? Je lui avais dit que j'en voulais pas, que c'était son problème. J'ai failli changer de numéro pendant la grossesse. Pourquoi cette photo de nourrisson m'a fait céder ? Je me demande tout ça et juste après je me dis qu'il fallait de toute façon que je quitte mon ex, enfant ou pas. Mais quel genre de tordu fait un enfant ailleurs pour se forcer à partir ? Tu l'avais déjà quittée, elle est revenue. Deux fois. Tu as été faible, tu la désirais plus. À présent, j'ai ce poids sur la conscience. Les derniers temps, j'ai beau fumer des joints dès le réveil et m'assommer le soir avant de dormir, je me souviens quand même de certains rêves. Ils surviennent le matin quand j'ai pas le courage de me lever, quand je me rendors. J'ai commis un crime, je suis honteux, paniqué, je me cache. J'émerge au moment où on braque un projecteur sur moi comme pour coincer un fugitif dans les vieux films. Ou alors je rêve de chutes dans le vide, et je me dresse en sursaut juste avant l'impact. Je suis perturbé. Je revois ce visage que j'ai adoré, chéri, ces grands yeux incrédules, désemparés.

Je pars pas dans les meilleures dispositions, mais je vais essayer de me concentrer sur autre chose que mes errements. L'écriture est ma porte de sortie. Je me dis ça depuis quelques années maintenant. J'ai écrit encore, fait lire encore, mais ça tarde à se concrétiser. Et ça me dépite, parce qu'en parallèle j'en ai ma claque de l'information régionale. J'aimerais faire autre chose. De l'international, du magazine. J'en ai les moyens. Mais pas les réseaux. Ou je me bouge pas assez. Ou je fume trop. Ou tout à la fois. Donc, il me faut accumuler de la matière, du vécu auprès de Farid, pour un livre, un scénario, un reportage, on verra. Cette histoire rocambolesque de shit à la douane espagnole, par exemple.

De mes affaires entassées dans le coffre de ma 206, j'ai pris soin de sortir le dictaphone et un carnet de notes. Ç'a pas été long à trouver vu que j'ai pris seulement une petite valise en déménageant. Pour écourter la séparation. Elle me regardait tour à tour médusée, anéantie, folle de rage. T'es sérieux ? Tu t'en vas vraiment ? On ne va plus jamais se revoir ? Avant d'éclater en sanglots. La vision me traverse encore l'esprit dans la chambre de l'hôtel B & B où j'ai atterri pour la nuit. J'ai l'impression d'avoir accumulé tellement de méfaits, de mensonges éhontés, de mauvais choix.

Après le menu Royal Deluxe commandé sur Uber Eats, je me roule un joint, fume quelques taffes, le met en attente sur le rebord de la fenêtre, ça donne sur le parking d'une boîte de gestion ou d'assurances, un truc du genre. J'enlève de ma valise les vêtements dont je n'aurai pas besoin en Espagne. Je les laisserai dans le coffre de la voiture. Puis je finis ma canette de Heineken et mon joint devant un match de Ligue des Champions en streaming sur mon PC. Après le coup de sifflet final, je pique du nez devant les résumés des autres rencontres. Extinction des feux.

Le parking de Malaga

À l'aéroport de Malaga, l'enseigne de location de voitures est loin, bien après les Avis ou Europcar, il faut prendre une navette, y a même plus de goudron au bout de la route, une zone commerciale bordélique avec des enseignes de grossistes de textile chinois. Quand j'ai vu le nom du loueur, Topcar, je me suis douté que ça allait être foireux. Tu parles anglais, toi Matthieu. Après une bonne demi-heure de queue derrière des Russes, Farid se repose sur moi au comptoir. Je lui explique la carotte de la location à cinq euros, faut prendre une assurance, sinon ils chargent d'office des frais supplémentaires pour l'essence, pour le retour en dehors des horaires d'ouverture, et ils demandent une empreinte carte bleue de 1 500 euros pour la caution. Grand classique des enseignes véreuses : prix d'appel extrêmement bas et vente forcée d'options sur place. Au final, on se retrouve presque au prix d'une location normale, mais avec une Fiat Uno pourrie. On a rendez-vous en début d'après-midi pour l'appartement Airbnb, Farid propose un restaurant de fruits de mer sur la plage pour le déjeuner. Congé annuel. On est en octobre, ils ont fini leur saison. Farid a une autre adresse en tête à Torremolinos. Près de la plage, à intervalles réguliers, des cheminées d'usines. Comme si on avait détruit les bâtiments industriels autour pour ne garder que les colonnes de briques. Juan, un pote d'enfance dont la famille est originaire de Malaga, dit que là-bas c'est un peu le Nord-Pas-de-Calais des Espagnols. Désindustrialisation, accent moqué et misère sociale. On voit les tags bleu et blanc des ultras du Malaga CF, certains fachos, d'autres antifas, apparemment. Ils ont l'air de pas aimer leurs voisins de Grenade. Je prête attention aux tags d'ultras depuis que j'ai vécu à Katowice, en Pologne, où les supporters d'une dizaine de clubs se font la guerre sur les murs.

À Torremolinos, le restaurant a changé de propriétaire. Tu vois ici, y avait les poissons frais et les fruits de mer, tu choisissais. C'est tout niqué maintenant, ils font que de la friture, regarde. On s'installe quand même pour manger un poisson quelconque avec des *bravas* et *dos cañas*. Comme je l'avais déjà remarqué en France,

Farid s'arrange toujours pour ne pas tourner le dos à l'entrée.

Alors toi, c'est mort avec ta femme, ça y est ? Je m'attarde pas trop sur mon cas. J'ai merdé, j'ai été lâche et c'est trop tard pour recoller les morceaux. Au moins t'es lucide... Et la petite ? Je vais m'en occuper. Je me doute de ce qu'il pense. Si j'aime pas la mère et vu que j'étais déjà en couple, pourquoi je fais ça. Une bâtarde si elle choisit de garder l'enfant, c'est son problème. J'ai essayé aussi de m'en tenir à ce raisonnement, j'ai flanché.

Comme j'ai pas envie de m'étendre, j'embraie Farid sur l'Espagne. Bon, et Torremolinos tu venais souvent ? Ouais, c'était ma cantine ici. Et dans le coin au début des années 2000, y avait plein de Français... que des trafiquants. T'avais encore des voyous à l'ancienne, mais y avait les mecs des cités qui s'installaient, qui prenaient le contrôle sur le trafic de shit.

On a rendez-vous pour l'appartement entre les quartiers d'Alaska et Huelin. Je mets le GPS sur mon téléphone, Farid bombarde sur le boulevard, le long du front de mer, zigzague entre les voitures. Il me tape sur le bras quand il veut me montrer ou me raconter quelque chose. Et comme il a des histoires en pagaille, il arrête pas de me taper, il va falloir que je prenne le volant pour changer de bras avant d'avoir un hématome. On arrive à l'adresse : un petit groupe d'immeubles carrés de quatre étages, avec des barreaux aux fenêtres des rez-de-chaussée et premier étage, et des ventilations de climatiseur disséminées un peu partout sur les façades. Sur les places de parking en bas, les voitures sont garées serrées, on tourne un peu avant de trouver une place. Des caisses rafistolées, du monde dehors sur les bancs publics, des gens en survêtement, des petits vieux usés, on n'est pas chez les riches. À l'extrémité de la petite cité, notre location donne sur une placette au carrefour de l'avenue Sor Teresa Prat et de la Calle Princesa. Dans le bruit de la circulation, percent les piaillements stridents de perruches vertes à collier perchées dans les palmiers. Les mêmes que j'ai vues dans le parc de Sceaux récemment, j'ai lu que c'était une espèce invasive qui met à l'amende les autres piafs. Sur la placette, deux blonds avec des têtes de slaves. Le père et le fils vraisemblablement. Sur l'annonce Airbnb, la proprio a un nom à consonnance ukrainienne, et j'ai vu pas mal de commentaires en alphabet cyrillique. Je fais signe de la tête à Farid, ça doit être eux. Je les aborde en anglais. Poignée de mains. Blonds aux yeux bleus, l'air froid, des caricatures. Alors qu'on pénètre dans l'immeuble, je leur demande d'où ils viennent. Ukraine. Quelle ville. Lviv. Ah ouais, c'était Polonais avant cette région hein, Lwów. Oui, pas de relance. Les types sont pas là pour taper la discute. *The door with this key, living room, one bedroom, second bedroom, bathroom.* Quitter avant midi le dernier jour. OK, merci, au revoir.

Farid paraît déçu par la villégiature. L'appart est à l'ancienne, resté dans son jus des années 70 avec des couleurs kitch, des peintures de bateaux au mur, fauteuil et canapé usés. À quarante euros la nuit près de la mer, rien d'étonnant. Sans critiquer, il me fait comprendre qu'il aurait opté pour un autre programme : moi en vacances, je préfère l'hôtel. Si un coin il te saoule ou t'as vu ce qu'y avait à voir, tu vas ailleurs, tu visites, tu changes. Toujours sur son ton speed de mec qui a la bougeotte : j'aime bien comme ça, sans planifier tu vois... Il aurait préféré, mais désolé, j'avais pas les finances pour, je lui cache pas. Bon, c'est quelques nuits ça va, il relativise, et dans la même phrase propose qu'on aille se chercher un pack. On descend et on tombe vite sur une épicerie tenue par un Pakistanais, Indien, Bengladeshi, Sri-Lankais, au choix. On prend six canettes rouges de Cruzcampo, attachées entre elles par du plastique façon six-pack américain, des bananes, du café, et un paquet de biscuits pour le matin. On remonte, je fais un café, je roule un joint. Après quelques taffes, je le tends à Farid, il le prend, c'est rare. C'est les vacances, je vais faire la sieste après, mais d'habitude je fume pas la journée, ça ramollit trop, c'est dur d'être actif après... Tu fumes toi, au *khedma*, Matthieu ? Ah ouais... Nan, moi je peux pas bédaver au boulot, quand j'ai trop de choses à faire, je dois aller là, je dois voir lui, je sais que je vais avoir la flemme. Au *hebs*, c'est pas pareil ! Là c'est dès le matin, y a rien à faire je m'en fous. Je lui demande qui lui fournissait le shit en prison. Parfois au parloir. Il me dit qu'il n'a aucun mal à dissimuler des choses dans sa bouche et à parler comme s'il n'y avait rien. Je l'ai vu faire une fois où un gyro a clignoté derrière nous en voiture. Le contrôle était pas pour nous mais il a vite mis son gramme dans sa bouche. Question d'habitude. Il m'explique aussi les envois par-dessus le mur d'enceinte, à des horaires bien calés. Un cousin, un neveu, un jeune du quartier. Du papier à bulles, barrettes de shit, portable ou autres, scotchés à une pierre. Dans la cour pour la promenade, les détenus se mettent du côté opposé aux murs d'enceinte. Et pour récupérer ? Jamais lui-même, y en a qui ont rien en prison, pas de visite, pas de mandat, pas de colis, rien. Les roms par exemple. Il envoyait un petit rom, récupérer, qui le passait à un autre, qui lui donnait après la promenade. En contrepartie, il lâchait un peu de shit, quelques garros, ils étaient contents. Il poursuit, l'air empathique, y en a, ils ramassent les mégots pour se rouler des clopes avec le reste de tabac, des galériens. Et y en a d'autres qui se font de la tune. Tu sais combien ça se vend un iPhone en prison ? C'est 1 500 euros. Même pas le dernier modèle, hein ! Le portable le plus pourri c'est cent cinquante euros. Et après faut aussi payer pour utiliser le téléphone de la prison, s'inscrire sur les plages horaires. Parce que si tu le fais pas, ils peuvent capter que t'as un téléphone. Et là c'est payant, j'ai déjà laissé des cent, cent cinquante euros sur une discussion avec ma femme. Les tarifs de la pénitentiaire, téléphone ou cantine... ils allument, ces fils de pute.

On discute jusqu'à ce que le joint nous mette une claque. On s'est levés à l'aurore. Chacun prend possession d'une chambre. La literie est sommaire, le matelas a vécu. J'ouvre ma valise. Je sors mon carnet et un stylo, je vois le dictaphone à côté. Je note quelques lignes sur le voyage. Je m'endors sous le couvre-lit usé tout rêche, me réveille le premier en début d'après-midi, réchauffe le café, j'allume la télé espagnole, je zappe jusqu'à la chronique sportive d'une chaîne d'infos en continu. J'attrape le cendrier pour finir le joint. Farid émerge peu de temps après. Je le vois aller dans la cuisine. Il repasse dans l'autre sens pour les toilettes une bouteille d'eau à la main, ferme la porte qui sépare le salon du petit couloir. Il est de l'école du rinçage du cul plutôt que papier toilettes. Je souris en écrasant le joint dans le cendrier.

En sortant, Farid revient avec un petit morceau de plastique blanc, une carte de visite touristique trouvée sur le meuble de la télé, la dépose avec le pochon sur la table du salon puis va chercher deux canettes au frigo avant de revenir s'asseoir. Une petite ligne ? Sans attendre un signe d'approbation de ma part, il déplie son bout de plastique dont une extrémité a été enroulée puis fondue pour fermer le paquet. À l'aide de ses canines, il perce un trou à côté. Il fait tomber une petite quantité de coke sur la table basse vitrée. Avec la carte de visite, il écrase les petits cailloux blancs pour les transformer en poudre, et d'un geste rapide et entraîné, réalise deux traits. Il enroule un billet de vingt euros, approche son fauteuil, se penche en avant pour sniffer puis me tend le billet par l'autre l'extrémité pour que j'évite celle qu'il a mise dans sa narine. Nous ouvrons nos canettes de Cruzcampo.

Je me suis promis de pas forcer sur la C et je décline même pas la première ligne à seize heures. Nique sa mère. Je me rassure en pensant à ces histoires de gonzo-journalisme, de mecs qui pondent quantité de pages même défoncés. Y a aussi l'enquête sociologique de Philippe Bourgois sur le crack à New York que j'ai lue pendant mes études. Le mec a consommé lui-même, j'ai entendu dire. J'ai jamais su si c'était vrai, là, ça m'arrange de le croire. Même l'esprit altéré, l'essentiel c'est que je me souvienne de tout. J'ai déjà les tempes qui tapent, j'ai chaud, j'ai soif, on descend notre bière en trois gorgées. Ça va pas m'aider, j'ai envie de fumer maintenant. Je fais un stick. Farid est loquace. Ça fait plaisir hein, c'est bien, ça change, on va voir un peu de paysage. On va aller à Marbella, c'est bien l'Andalousie, les gens sont gentils, pas comme ces gros fils de pute de racistes de Catalans. On ira aussi à Gibraltar, et peut-être même à Tanger voir un de mes amis. Il enchaîne, j'avais un appartement pas loin d'ici à l'époque. Meublé, je payais cinq cents euros, deux pièces, j'étais à l'aise.

Il me demande s'il peut appeler sa femme avec mon téléphone par WhatsApp. Il a pris aucun téléphone. Allo, ouais ça va, il fait beau mortel, on est bien, hamdoullah, on a fait la sieste, on était un peu fatigués, le transport tout ça... J'entends la voix de se femme dans l'écouteur. Super, profitez bien. La petite va bien ? Le grand aussi ? Passe-le-moi... Eh ben dis-lui de mettre sur pause. Allo, oui ça va mon fils. Une voix de père toute douce, prévenante, un ton que je n'ai jamais entendu dans la bouche de Farid. Ça me fait sourire, Farid me voit et sourit aussi en finissant sa conversation. Ah, c'est bien, entraîne-toi bien, parce que je vais te mettre la raclée à Fifa en rentrant.

Après une deuxième bière, on décide de sortir. Les Espagnols émergent de la sieste, les magasins rouvrent. Farid veut passer chez le coiffeur pas loin de l'appartement. Je regarde son crâne clairsemé. Il sourit de nouveau, nan, mais regarde sur les côtés y a besoin d'un coup de tondeuse. J'ai besoin d'une coupe aussi. On marche quelques centaines de mètres et Farid me montre un carrefour d'un air grave. Là, c'est la dernière fois que j'ai vu Nordine, *allah y rahmo*, un pote que j'avais ici, un mec bien. À cause de dettes de son cousin, il s'est fait enlever par des Italiens de la Ndrangheta. Ils les ont emmenés tous les deux dans l'arrière-pays et ils ont égorgé Nordine. Mais ils avaient mal ligoté le cousin, il a réussi à s'enfuir, il a couru jusqu'à ce qu'on le retrouve épuisé au bord d'une route. Quelques heures après il était parti se cacher au bled. C'est comme ça qu'on a su pour Nordine, son corps a jamais été retrouvé.

On remonte la calle Heroe de Sostoa, une avenue d'immeubles des années 70, 80 de 4, 5, 6 étages, ça varie, teintés de différents rouge ocre. Après une épicerie Mini Market Ilas qui affiche le sigle halal sur sa devanture, un taxiphone surmonté des logos Lycamobile, MoneyGram et Ria, on arrive devant le coiffeur. Classic Peluquería. Le local est étroit, un couloir presque. En vitrine, les tarifs imbattables inscrits sur de gros ronds orange : cinq euros la coupe, trois euros la barbe. Au-dessus de la porte d'entrée, des photos décolorées par le soleil, des coupes supposément à la mode genre banda de footballeur ou cheveux rasés à blanc sur les côtés avec banane brushinguée. Il va falloir cadrer le coiffeur. À l'intérieur, deux néons blancs, des murs vert pâle, ambiance hôpital, des photos de montagnes, une vue portuaire, carte postale en noir et blanc de l'époque Algérie française avec sa légende : Bougie. Le patron est assis sur un tabouret haut près de la caisse. Derrière lui, un cadre avec du tissu noir sur lequel est brodée une calligraphie arabe dorée. Levant la tête, le patron reconnaît immédiatement Farid et vient lui donner l'accolade. *Salam aleykoum labes hamdoullah*, après un petit temps de politesses, il s'excuse et me salue. Farid me présente : *sahbi*, *Francia*, je capte quelques mots par-ci par-là.

On coupe ? Le patron fait signe à son jeune employé de poser son téléphone et de s'occuper de moi. Il équipe déjà Farid d'une blouse avec un petit sparadrap sous le cou pour la fermer. L'employé me regarde dans le miroir. Comment tu veux mon ami. Dégradé, pas de crête, pas de traits à la tondeuse. Mon briefing fait rire Farid. T'as peur qu'il te fasse une coupe de narvalo ? On rigole. Je suis encore speed sous l'effet de la C, je pose quelques questions à mon coiffeur. Marocain, de quelle ville ? Il me demande si je connais, je lui parle des lieux où je me suis promené, les montagnes, les villes, certains quartiers de Casa. Il rigole. Il me dit que je prononce bien et que je suis allé dans des endroits que beaucoup de Marocains évitent, il est surpris que je lui parle des groupes d'ultras de Botola, des ultras Askary des FAR, des rivalités entre les Green Boys et les Eagles du Raja ou de Los Rifeños de Al Hoceïma. En même temps, j'entends la conversation de Farid. Le patron lui donne des nouvelles de quelques personnes. Ils baissent le ton de temps en temps, je saisis un *diouana*, *gendarmiya*, *mout'*... Pas que des bonnes nouvelles... Je demande à Farid de se renseigner sur les endroits où on peut acheter dix ou vingt balles de teushi parce qu'on va être juste. Aucun des deux ne fume, ils nous donnent le nom d'une place où des clandos vendent des cigarettes, peut-être qu'on peut trouver là-bas. La coupe à cinq euros est vite expédiée, avec des surprises en bonus. Avant de sortir le rasoir à main pour les finitions sur la nuque, le type me colle un patch sur le nez. De ceux qu'on s'est déjà collés avec mon ex et qui sortent les points noirs. Je repense au barbier turc, une fois en Angleterre, qui avait sa petite surprise aussi. Il avait enflammé un bâton et me l'avait approché des oreilles pour en brûler les poils qui dépassaient. J'avais à peine eu le temps de comprendre ce qu'il faisait que j'avais senti l'odeur caractéristique de cheveu grillé. Puis mon coiffeur marocain tend un petit fil entre ses deux mains et le dirige vers mes sourcils. Je recule la tête *in extremis*. *La khoya, safi*. Ça va aller, je veux pas des sourcils de Cristiano Ronaldo. Il enlève le patch, ça tire un peu, c'est fini. Il me passe le miroir derrière, c'est bon, merci. Le dégradé est très court, ça fait militaire ou mec de quartier, mais ça me va bien je trouve. Farid confirme en sortant : il t'a bien coupé.

On repasse à l'appartement boire une canette. Farid nous remet une ligne de coke. On prend la voiture pour faire un tour dans le centre de Malaga. On longe le port. Quinze ans plus tôt, Farid s'est fait contrôler sur cette même avenue. « On était avec deux de mes frères, Riad et Aziz et un de mes beaux-frères, Malik. Ils étaient venus me voir, prendre des vacances comme ça, même pas du business ou quoi. Quatre Arabes dans une voiture immatriculée en France, t'as compris. Même pas une grosse cylindrée, une wago pourrie en plus. Mais que ce soit en France ou ici, les schmitts ils nous aiment pas, tu connais. Ils nous font ranger sur le côté, descendre, ils nous fouillent, les papiers sont en règle, ils allaient nous laisser partir, mais un des flics tombe sur une pauvre boulette de shit dans l'habitacle ! Là c'est parti, ils décident de désosser la bagnole et ils trouvent une cachette derrière la boîte à gants. J'avais 12 000 euros en liquide, ils me les confisquent, ces enculés. Ça vient d'où, faut justifier, ils disent en espagnol. C'est Riad qui fait la traduction, il assure. Je leur dis que j'ai vendu une voiture, que le gars m'a payé en liquide, ils s'en battent les couilles, faut le prouver. Des fils de pute, je te jure. Farid gesticule au volant, ça lui met un coup de sang de repenser à cette histoire. Et il m'explique comment il a dû chercher un avocat sur place, produire un faux certificat de vente d'un véhicule en France, tout ça a pris du temps parce que les flics avaient même pas déclaré la saisie. Les Espagnols avaient voulu garder le pactole, vu que peu de voyous français prennent la peine de s'engager dans des procédures pour récupérer ce genre de petites sommes rapportées à ce qu'ils gagnent. Mais moi y avait même pas moyen que je leur laisse, le baveux les a obligés à me restituer la somme conclut Farid.

On se gare du côté de l'Alameda Principal, une large avenue de bâtiments que j'imagine du XIXe siècle, dans le genre haussmannien local. Sur la promenade centrale, on longe des kiosques de fleuristes. On passe à pied près de la statue du marquis de Larios. J'essaie vaguement de savoir qui c'est et j'abandonne. Dans le centre, des rues piétonnes toutes propres et les enseignes marchandes communes à toutes les villes d'Europe : Zara, H&M. L'architecture, le décor font un peu bourgeois, mais à observer les petits vieux sur les bancs, la dégaine des passants, le nombre de clodos, on sent le côté lutte des classes de l'agglomération. Y a la mer mais on n'est pas à Nice. C'est beau hein ? Farid me parle à nouveau de son goût du dépaysement, de la découverte. J'aime bien sortir, visiter quand je vais quelque part. J'aime pas rester toujours au même endroit, faire que la plage par exemple. Non faut s'ouvrir l'esprit, tu te promènes, tu parles avec les gens. Faut être curieux dans la vie, pas vrai ? T'es journaliste, c'est pas toi qui vas dire le contraire ? Toi tu sais, mais des fois j'en vois, ils sont jamais sortis de leur quartier, ils s'intéressent à rien, ils veulent rien faire à part les joints, la PlayStation... ça vaut rien, c'est des *hmars* ça. Farid s'émerveille devant la cathédrale, on passe près du musée Picasso et il me rappelle qu'on est dans la ville de naissance du peintre. Pas très loin, on tombe sur la boutique officielle du Malaga CF. Avec mon téléphone, on se photographie à tour de rôle à côté du logo du club.

Aux ruines du théâtre antique, on demande à un touriste allemand de nous prendre en photo. On pose en se prenant par l'épaule, le pouce levé. On regarde le cliché sur le téléphone. Beau ciel bleu, vue de Malaga avec clochers et palmiers en fond, tout sourire avec nos lunettes de soleil. Imitation Ray-Ban basiques pour moi, modèle volumineux Gucci avec dorures pour Farid. Polo Hugo Boss rose, sacoche Longchamp, il apprécie les articles onéreux, même si avec son bas de survêtement, ça fait un peu moins classe. Dans les petites rues piétonnes de Malaga, on trouve une place avec quelques bars où prendre une bière en terrasse.

Farid allume une clope quand on nous apporte nos pintes. Il prend pas le temps de la finir et part aux toilettes, se faire un trait je suppose. Je suppose bien, parce qu'en revenant il m'en propose un. Je refuse pas, il me passe discrètement le petit bout de plastique. Je me glisse entre les tables de la terrasse et je vais aux toilettes au fond du bar. Je suis dépité, y a qu'un chiotte, j'aime pas. J'espère que personne ne va venir attendre derrière la porte parce que j'ai peur de renverser le gramme, ou de le laisser tomber dans la cuvette en me dépêchant. Je commence par fermer la lunette des chiottes, après quoi je cherche délicatement l'ouverture dans la boule de plastique. Je tapote au-dessus du dévideur de papier hygiénique. Un peu de poudre, un petit bout de caillou. Faut que je l'écrase avec une carte. Relou. J'aime pas cette drogue qui oblige à aller aux chiottes, à se magner mais à faire gaffe. J'ai à moitié la tremblote. Je bouche ma narine gauche et je sniffe le trait. Depuis que je prends occasionnellement de la cocaïne, je me suis aperçu que ma narine gauche est presque tout le temps bouchée en temps normal. Je dois avoir la cloison nasale déviée, souvenir d'un coup de coude sur un corner. Je tire la chasse d'eau et je ressors en prenant un air naturel alors que je sens déjà cette impression bizarre dans les tempes et mon rythme cardiaque qui s'accélère.

On est bien hein. Farid savoure, le cadre, le dépaysement, sa liberté retrouvée. Je pense à un de mes coéquipiers des saisons précédentes. Il tenait un point de vente en bas de chez lui et m'avait fourni des 50-100 grammes pour ma consommation et un peu de revente au boulot. Je savais aussi qu'il faisait des «passages», pour aller acheter des kilos d'herbe en Hollande. Mais j'ai vu sur Snapchat qu'il avait été incarcéré un peu avant que Farid sorte. Tu l'as croisé, je lui demande. Ouais, je l'ai vu aux arrivants, *miskine*, là où y a tous les énervés. Mais bon, lui ça va, c'est un débrouillard, il se fait respecter, il connaît du monde, y a ses frères et d'autres qui lui envoient des colis. Je montre à Farid un des derniers Snaps en date du type. Sur fond de rap français, des vidéos de colis de viande de beuh et de shit, et la légende «*sahit* les frères», pour montrer qu'il a bien réceptionné les envois. Et sans doute aussi pour signaler à d'autres détenus qu'il a de la marchandise à vendre.

Fais voir un peu Snap. Farid est curieux de l'application. Et ça disparaît au bout de vingt-quatre heures soi-disant? Ouais soi-disant, je confirme. On se doute que certaines images doivent bien atterrir sur des ordinateurs de la police judiciaire. Ils sont là à se filmer en prison ces hagouns... En tout cas, t'as vu, lui, il va même réussir à faire des lovés en détention. Je questionne un peu Farid. Et lui, il traînait avec qui, il faisait quoi au placard ? Rien de spécial, de la télé, de la lecture, des joints. Il me raconte comment en jouant les mecs matures à côté des petits, un maton qui était un chien avec les jeunes l'avait à la bonne. Ça lui permettait d'utiliser parfois le téléphone sans s'inscrire au préalable ou encore de changer de codétenu, parce qu'on l'avait mis avec un blédard qu'il ne trouvait pas assez porté sur le ménage. Moi tu m'as vu, je suis maniaque, il se justifie. Il a réussi à changer de « co » pour partager la cellule avec un renoi qu'il connaissait.

Ça a changé le *hebs*. Il me raconte un séjour en détention dans une prison de centre-ville vétuste. Avant c'était pas les mêmes rapports avec les surveillants. Imagine, à la fin des années 90, on jouait à la pétanque dans la cour de la prison. Même contre les matons. Y a moins de respect de nos jours. Bon, y avait des exceptions. Il se rappelle un gars, Riton, un Lyonnais. Un vrai gars du milieu, comme on dit, un braqueur, voyou à l'ancienne. Lui, il avait un principe, je parle pas aux matons, je parle pas avec la pénitentiaire. Il était rentré parce qu'il avait voulu crever un gars qui avait baisé sa femme, mais il l'avait raté, seulement blessé. Il était rongé en prison : je vais sortir, je vais le crever. Sinon, un mec comme ça, Farid dresse le pouce, un vrai, qu'a qu'une seule parole. Un putain de cuistot aussi. Il nous faisait même de la pillave. Farid me voit réfléchir à la question. Des fruits et du sucre ? je lui demande. Farid confirme, on gardait les fruits des repas, le sucre, et on mettait à macérer dans une bassine avec du jus de raisin. On était trois dans la cellule, quand on cantinait on commandait tous du jus de raisin. Les matons, ils hallucinaient. Eh ben vous aimez ça le jus de raisin. Ah ouais, c'est bon... et on en commandait encore. Et le Lyonnais, c'était le chef pour savoir quand on pouvait mettre en bouteille. Trois semaines au moins, quand le taux d'alcool est bien et tout. Au nez. L'autre et moi, on était pressés, on voulait boire trop tôt : c'est bon là, ça a l'air bien, on devrait tester. Tss, tss..., il faisait de la langue, faut attendre. À l'époque, c'était plus rare à l'intérieur, le shit, donc des fois on se mettait une *khabta*, on rigolait.

La lumière du jour décline, l'éclairage public illumine la place pavée. On finit par avoir la dalle, on va prendre une assiette dans un kebab où Farid salue le personnel qui ne l'a pas oublié malgré quelques années d'absence. Il faut dire qu'il y a mangé des dizaines de fois. Et puis, Farid a une gueule et une façon d'être qu'on n'oublie pas. Sa démarche, d'abord : il est grand, un peu voûté quand il avance. Il a des manières très avenantes, volontiers affable, jovial, mais avec une tête qui donne une impression de « vécu » : un nez déformé par des années de boxe, et derrière le masque aimable, le regard cerné, dur, d'un gars avec qui on n'a pas envie de s'embrouiller. On avale notre assiette kefta, et puis on rentre, on a prévu de se lever pas trop tard pour aller à Grenade voir l'Alhambra, le lendemain.

À l'appartement, on boit une dernière bière en fumant un joint et en zappant devant les chaînes d'infos et les pages de sport. J'évoque le week-end qu'on avait passé au bord de la mer, dans les calanques, avec une quinzaine de joueurs et dirigeants du club de foot où on s'est connus, quatre ans auparavant. Virée en bateau, soirée arrosée. Son beau-frère, le gros cave pathétique qui jouait les bonhommes. Il avait voulu que je lui mette de la crème solaire. J'imagine la tête de Farid et des autres s'ils m'avaient vu m'occuper de son dos. Mais ça m'a pas traversé l'esprit une seconde d'accepter. C'est quoi ce plan gay, je me suis dit ? J'ai refusé direct. On en rigole encore. En fin de soirée, alors que tout le monde dormait, il restait Farid, Yacine et moi, sous coke et au rosé, à blablater à bâtons rompus. Ça avait délié la langue de Farid. Vers trois heures du matin, il s'était mis à murmurer en prenant un ton solennel. En fait, tu vois, je suis dans le trafic... depuis longtemps. À une époque, je brassais vraiment, vraiment beaucoup. T'as compris, on parle pas de barrettes hein... Il me raconte des go fast, puis des camions, des semi-remorques qui transportent des tonnes avec la complicité des douanes. Et une histoire ancienne : un jour, un daron de la cité rentre du bled avec son J5 et une centaine de kilos, bloqué par la douane à Malaga, problème. Une histoire de malade je me dis, ça se raconte. Seulement, en pleine gueule de bois, les détails m'échappent. Je reste avec mon scénario flou pendant des semaines, des mois, des années, je veux pas jouer le bouffon fasciné ni le mec trop curieux, à lui faire déballer ses péripéties. Je prends au compte-gouttes. Au rythme des pack de bière d'après entraînements devant la Ligue des Champions, ou des matchs du dimanche au club. Néanmoins, quatre ans après, en configuration vacances en Andalousie, je peux me permettre. Ah ouais, cette histoire, un truc *tah* les films, Matthieu, je te jure. On avait un daron au quartier qui partait deux fois par an au bled en J5 et qui ramenait pour nous. Une fois, on attendait qu'il passe en bateau. C'était le mariage d'Aziz. Farid s'anime en racontant. Il mime une discussion au téléphone ou un poing rageur. Je tâche de ne pas trop écarquiller les yeux, que mon visage ne me trahisse pas... Mais j'hallucine. Si j'arrivais à l'écrire et le raconter, ce serait peut-être plus vendeur que mes histoires de vols à l'étalage d'adolescents ou les galères de Yacine que j'arrive pas à fourguer.

Au moment de me coucher, j'ai la bougeotte. Je sors le carnet. Le carnet que m'a offert mon ex. *Merci ma beauté,* je vois sur la première page. Putain... Je chasse cette pensée, je prends des notes. Certaines seront indéchiffrables, je le sais pas encore. D'autant que je vais mettre plus d'un an avant de rouvrir le carnet. *Restaurant, habitudes, Torremolinos,* ça m'évoquera plus grand-chose. J'écris au sujet de sa tentative d'évasion. À l'époque, il est en prison dans une ville qui compte des équipes rivales de la sienne. Ceux de sa ville sont en minorité. Peu de ses potes font le déplacement pour des parloirs. Douane, camionnette, mariage, Perthus, barrages, je gratte avec une écriture de médecin, autant de mots clés évidents sur le moment ; des hiéroglyphes des mois après.

Deux pages plus tard, je ferme le carnet et j'ouvre Tinder, je tente de déchiffrer les annonces des autochtones. *No buscando sexo…* suivante. J'échange deux trois messages grâce aux rudiments d'espagnol que j'ai appris en tchatant avec des camgirls colombiennes ou vénézuéliennes. Ça se limite aux formalités d'avant-branlette, mais c'est suffisant pour les présentations. Je pense à la coke qui me maintient éveillé, à ce début de rap que m'a inspiré Farid, avec un refrain qui détourne *Meunier tu dors*. J'ai dicté le texte en conduisant il y a peu, je reprends le brouillon dans ma boîte mail. J'ai pas l'intention de raper, mais j'ai eu cette idée de textes lancinants à la manière des rappeurs américains de trap du moment. Comme beaucoup de choses que j'entame, il y a peu de chance que j'en fasse quoi que ce soit, que je le finisse même, mais je m'efforce de l'allonger un peu. Sur Spotify, je retrouve le son sur lequel je l'avais marmonné avant de le dicter au micro de Google. *Swing My Door,* de Gucci Mane.

La basse grasse et grésillante de l'instru en boucle finit par m'user. Je me roule un stick, je l'allume à la fenêtre, je rouvre Tinder, un message. Une latina un peu negrita. Je lui propose un plan avec deux mecs. Autant agrémenter le séjour. Elle veut voir aussi une photo de mon pote. Je lui envoie une image de la journée. *Contigo OK, tu amigo no*. Elle aime pas les *algerino*, dommage, je vais pas m'échapper pour elle, c'est loin d'être Shakira. Toutes ces meufs que je « swipe » comme ils disent, ça m'excite. Je « swipe » tout le temps dans le même sens, même si je vois parfois après coup que la meuf ressemble à une cassos de cinquante ans passés. Je finis par épuiser le quota, j'ouvre MyFreeCams, un site d'hôtesses webcam que je fréquente occasionnellement. De temps en temps, j'ai crédité mon compte pour distribuer des tips à des filles et les voir se désaper, se toucher, s'introduire des godes. Depuis longtemps, je fais que mater et profiter des « tips » des autres. Ça me rappelle les cours de sociologie et d'économie de mes études : je fais le free-rider, le « passager clandestin » à la Mancur Olson.

Ma main droite fait l'aller-retour entre mon caleçon et les centaines d'icônes qui défilent sur l'écran, chacune d'elle représentant une femme nue ou en sous-vêtement, en position aguicheuse, allongée, avec ou sans sextoy, affalée l'air blasé ou en pleine action. Même si le cadrage laisse imaginer que la fille est dans sa chambre, avec le son d'ambiance, souvent on entend qu'elles sont plusieurs dans la même pièce, elles se parlent, ou on en entend une autre gémir. En me masturbant, j'essaie de ne pas penser au hors-cadre : combien elles sont dans la pièce, combien de temps par jour devant la webcam, sur leurs deux mètres carrés de matelas ou de canapé ou de chaise de bureau, avec la télé dont on entend les échos, en même temps qu'elles se caressent mécaniquement. Ne pas penser à l'absurdité de mes pulsions. Tout ça m'a niqué plus d'une branlette. Devant la poitrine ronde d'une hôtesse dont je ne vois même pas le visage, je me finis dans du PQ que j'ai rapporté des toilettes en prévision. Je m'essuie le zgeg, honteux, comme si on m'observait. J'imagine parfois qu'il y a vraiment des âmes de défunts au ciel qui nous surveillent. La tête de mes grands-parents en me voyant faire. Cette fois, j'ai l'impression que je cogite davantage sous l'emprise de la fumette que de la machine. Je lâche un gros bâillement, je balance la fin du joint par la fenêtre d'une pichenette et je me couche.

En m'endormant, j'essaie de remettre mes souvenirs en ordre, même si je sais que la fumette favorise pas la mémorisation. Mais quand même, je peux pas oublier certaines histoires de Farid. J'essaie d'imaginer une trame, une séquence d'ouverture.

Mariage

Embrassades, you-yous, musiciens du bled, cadeaux, joie, tout est parfait en ce jour de fête... ça, c'est un mariage réussi se dit Farid. Seul bémol : il sait pas encore s'il aime bien la femme de son frère et sa famille. Il sent une distance dans leurs échanges, comme si sa réputation le précédait. Ils savent tous pour ses séjours en prison. Elle est belle c'est sûr, mais a l'air chiante, elle va le brider, l'attacher, son frère. Il craint de le voir faire le canard. De toute façon, cette vie-là est pas faite pour Aziz. Lui, c'est le sport, les études, la famille. Il a ce côté nerveux, sanguin, qu'ils ont tous hérité de leur père, mais en plus prudent et plus respectueux des lois. Farid est heureux de le voir se marier. Aziz, le petit dernier. Que le temps passe vite. Farid a l'impression qu'hier encore ils arrosaient son baccalauréat. Le premier de la famille à l'obtenir. Le seul à entamer des études, et même à décrocher un DEUG. Il a rencontré sa femme à la fac. Musulmane, algérienne, sérieuse, le pedigree idéal aux yeux de leur mère.

Pour le mariage, ils ont loué un domaine à la campagne. La Béruniére... La Bétonnière... Impossible de se rappeler le nom exact. Château, parc et jardin. Fini, les salles des fêtes de quartier. Farid pèse maintenant. Il mesure le chemin parcouru depuis ses débuts de petit revendeur. Fini le détail. Il est un «gros poisson», comme disent les condés. Il a payé le prix pour en arriver là. Le mec qui se vantait d'avoir enculé son petit frère, qui se pavanait en disant qu'il paierait jamais sa dette. Farid pouvait pas laisser passer. Il l'a tailladé, mis dans une voiture, il a amené le type chez sa mère, a ordonné à la vieille femme hagarde de lui remettre l'or et les économies de la famille du mauvais payeur. Ils l'ont maravé une dernière fois et laissé sur le pavé. Il a tout balancé aux flics. Ça a coûté à Farid quelques années de prison. Pour le procès en appel, ils ont payé un meilleur avocat qui a fait ramener la tentative d'homicide à des coups et blessures. Ça lui a quand même laissé le temps d'aller faire un tour chez les longues peines, en centrale. Il y a noué des contacts: mecs de cités, gitans, braqueurs fichés au grand banditisme, truands à l'ancienne. Quelques parloirs, malgré les trois cents bornes qui le séparaient de ses proches. Des années de solitude. À espérer un peu. À ruminer beaucoup. A échafauder des plans. À se défoncer surtout. Avec les médocs de la pénitentiaire d'abord, avec le shit ensuite. Il revoit tout ça en fumant sa Philip Morris sur le perron du manoir, embrassant du regard les invités à l'ombre des barnums sur la pelouse, grande comme deux terrains de foot. Récemment, quelqu'un lui a demandé ce qu'il faisait le 12 juillet 1998. Hein quoi ? Ah ouais, la Coupe du monde. Il était enfermé, sous médocs... Pour les détails, c'est assez vague. Pourtant il avait le poster de Zidane sur un mur de sa cellule. Sous le maillot de la Juve, pas de l'équipe de France. Il se souvient d'avoir été content pour le numéro 10 kabyle, ses deux buts..., mais il aurait presque kiffé voir la tête des matons si la France avait perdu. Ça lui paraît loin. C'était au XXe siècle. Aujourd'hui, il est là, avec les siens, tous en fête, tous impeccables, bien habillés, costumes griffés. Elle est loin aussi l'enfance avec les paies de chien de son père, les colis de nourriture et de vêtements du Secours populaire. Sur les photos de cette époque, on le voit, pantalons rapiécés aux genoux, qui serviront ensuite aux cadets, bottines, pulls, conjugaisons de couleurs improbables.

Il relève les yeux vers les festivités. L'endroit est idéalement choisi, c'est beau. Depuis qu'il a les moyens, il apprécie le raffinement. Il reste discret, il connaît les enquêtes de train de vie de la police. Mais il aime se faire plaisir : un bon resto, un bel hôtel. Le propriétaire du domaine choisi pour le mariage, au départ, ça le faisait chier de louer à des Arabes, Farid l'a vu à la tête du type, l'a senti. Mais il sait amadouer les Français. Il passe toujours bien auprès des vieux ouvriers de son quartier. Toujours bonjour, un petit mot, la santé, la météo, le foot. Il méprise les jeunes insolents, agressifs gratuitement. Des merdes, aucune valeur. Il a vite dissipé les réticences du proprio. Vous faites quoi dans la vie ? – j'ai ouvert une pizzéria... On se bat... Mais avec ce qu'ils nous prennent hein... Les impôts, l'État, Farid a fait mouche, le type a embrayé : la taxe foncière blablabla... Il a pris les arrhes en liquide pour la réservation sans se faire prier.

Un mariage réussi, mais Farid est préoccupé. Ce coup de fil de l'Espagne qui ne vient pas. Pourquoi Mounir n'appelle pas ? Ils auraient déjà dû réceptionner. C'est rien, ça va venir. Ça va ? T'as l'air bizarre. Avec le temps, Stéphanie le connaît bien. C'est devenu vraiment sérieux depuis un an avec cette amie d'enfance. Il se tourne vers elle. Elle est belle dans sa robe. Il se verrait bien se marier lui aussi, et avec elle. Et pourquoi pas un enfant, deux. Des petits boxeurs, ou des joueurs de foot, si c'est des garçons. Ou même une petite footballeuse, les temps changent. Mais y a d'autres urgences. Pense à autre chose. Il se force à se mêler aux invités, discuter. Il trinque avec Aziz, les cousins, les potes. «Beau gosse», «*mashallah*», «*bsahtek* la cravate».

La soirée avance, il fait nuit. Toujours pas de coup de fil. Il tâte le téléphone jetable dans sa poche. Il est tenté d'appeler. Il ne faut pas. On ne sait pas où est Mounir, ce qui peut lui arriver. Ne fais pas sonner son téléphone. Qu'est-ce qu'il fout putain. C'est l'heure de manger encore dans la grande salle aménagée sous un chapiteau, dans le parc. Cumin, cannelle, coriandre, ça sent bon les épices. Pour la bouffe aussi, il a pas regardé à la dépense. Leur mère a assez cuisiné pour eux toute sa vie. Elle s'est bien proposée. Elle a rappelé combien les convives s'étaient régalés de son agneau pour le mariage de leur sœur aînée. Au moins les pâtisseries, alors. On a des traiteurs qui font tout, c'est délicieux, ce sera jamais aussi bon que tes plats mais tu préfères passer la journée à cuisiner ou profiter de la fête? C'est fini ce temps-là, on est plus dans les années 90. Sa mère s'est résignée à ne rien préparer pour le mariage. Et il ne le regrette pas quand il la voit tout sourire à la table des mariés, dans la robe de caftan qu'il lui a fait venir d'Alger. Elle respire depuis la mort de leur père. Farid le voit aussi et il ne peut pas lui en vouloir. Le paternel était pas un tendre. L'alcool, les coups. Même malade et affaibli, il arrivait à l'accabler de reproches et d'accusations démentes de tromperie.

Sur la petite scène, des musiciens préparent les darboukas. Les mariés se sont éclipsés pour aller changer une fois de plus de tenue. Farid s'installe à la table voisine de celle des mariés. Il y retrouve Houcine, un gars de sa génération, un ami de la famille, qui a entraîné ses frères cadets au club de foot du quartier. Il le salue et puis se frotte le crâne avec un air compatissant. Ça sent la quarantaine pas vrai. Tous les deux commencent à se dégarnir. Ils ne se sont pas croisés depuis des mois. J'ai appris pour ton père, *Allah y rahmo*. Farid le remercie pour ses condoléances et lui demande comment va le boulot. Houcine est intérimaire dans l'automobile. En retour, Houcine parle à Farid de tout, sauf de «boulot». Il sait très bien de quoi vit Farid et il sait aussi qu'il n'a aucun besoin d'en savoir plus. Ils en viennent vite au foot, aux résultats du club de quartier, aux jeunes prometteurs, à ceux partis tenter leur chance en centre de formation, les clubs rivaux pour la saison prochaine, entraînés par qui et avec quelles recrues. Farid donne le change, mais il n'écoute pas toutes les réponses, perdu dans ses pensées tournées vers la Costa del Sol.

Les mariés sont revenus, on commence à servir les plats. Farid mange sans apprécier, il n'a pas faim. Riad, un autre de ses trois frères cadets, investi avec lui dans le biz, passe à proximité et lui adresse un signe interrogateur de la tête. Farid lui répond par un visage fermé. Toujours rien. On apporte la pièce montée, feu de bengale, bâtonnets qui s'allument et grésillent avec force étincelles, encore des you-yous, les femmes s'en donnent à cœur joie, les flashs des appareils photos crépitent. L'ambiance est chaude, une partie de la salle va bientôt se lever et envahir la piste de danse, les mariés les premiers. Le Nokia dans la poche de Farid vibre enfin. Il se précipite dehors. Comme le retard le lui faisait redouter, Mounir n'a pas de bonnes nouvelles. C'est la merde, il entend dans le combiné. Y a que notre copine qui est venue à la soirée, elle est arrivée à pied et elle pleure. Il comprend immédiatement. Le vieux Hassan s'est fait coincer à la douane espagnole avec le fourgon, ils ont laissé partir sa femme. Farid, se tient à la rambarde sur le perron du manoir. Après un silence, hésitant, Mounir, qui sait qu'il doit en dire le moins possible, développe un peu malgré tout. Elle a parlé que du toit de la maison, les pompiers se sont occupés du toit. Farid tique. Le toit. Pas le sol ? Non, que le toit. Farid est surpris. S'il comprend bien, la douane en aurait après ce qu'il transportait sur la galerie de son J5. Bizarre, alors que tout est dissimulé dans le faux plancher. Pas le temps de tergiverser. Occupez-vous d'elle, je suis là demain, il raccroche. Son cœur s'emballe, son cerveau surchauffe, il sent la pression sanguine sous son crâne, comme s'il venait de s'envoyer un rail de coke. Putain... Mais qu'est-ce qui s'est passé ? Il a supervisé lui-même l'aménagement du faux plancher dans le J5. C'était indétectable, ça a bien fonctionné jusque-là. Même des chiens pouvaient rien sentir, chaque pain de shit est trempé dans de la cire. Mounir qui leur mettrait une carotte ? Impossible. Comment il a pu se faire serrer, c'est quoi cette histoire de toit, il ne parvient pas à se l'expliquer. Et chez les douaniers, Hassan risque de se mettre à parler, à donner des noms. Farid doit en savoir plus, parler à sa femme, se mettre en route au plus vite. Sans le mariage de son frère, il aurait été sur place, il aime pas déléguer.

Il revient sous le chapiteau en cherchant Riad dans la foule des danseurs. Au premier regard, celui-ci comprend qu'un truc ne va pas. Il glisse un mot à sa femme, et rejoint Farid. Ils descendent les marches du bâtiment illuminé par des spots au sol. Dans la pénombre, Farid sort une Philip Morris, l'allume et fait rapidement le topo à Riad. On fait quoi ? Déjà, boire une bière, pense Farid. Il a prévu un pack dans le coffre. Il est pas le seul. Les clichés ont la vie dure : il croise un petit groupe de soiffards alors qu'il guide son frère vers sa voiture. « *Saha* », il les entend dire quand il décapsule son Heineken avec son briquet. Un de ses cousins, à quelques mètres, tend la sienne en l'air vers lui. Il donne le change sans grande conviction. On peut pas s'arracher maintenant, mais on va pas traîner, il prévient.

Ils regagnent la salle, Farid essaie en vain de se remettre dans l'ambiance. Il ne veut pas décevoir. Il veut laisser passer au moins deux heures, attendre que les premiers invités commencent à partir. Il fait répéter les questions qu'on lui pose, rigole avec un temps de retard. Stéphanie l'entraîne sur la piste malgré lui, il ne tient pas deux morceaux.

Il est rongé. Il a besoin d'avoir tout sous contrôle, c'est plus fort que lui. Il devrait déjà être en train de se rapprocher de l'Espagne. De toute façon, la fête est déjà gâchée pour lui. Il se penche vers Stéphanie, lui explique en quelques mots qu'il doit la laisser, qu'elle pourra rentrer avec Zohra, la femme de Riad. Un masque de déception fige le visage de la jeune femme mais elle ne pose pas de questions. Il cherche le regard de son frère, lui fait comprendre de la tête qu'ils doivent se retrouver dehors.

On bouge maintenant annonce Farid sur le perron en tirant une profonde bouffée sur sa cigarette avant de la jeter au sol. Il faut prévenir Aziz et Youssef. Va les chercher. Riad s'éloigne mâchoire serrée en quête de leurs deux frères. Il revient avec à sa droite, Aziz hébété, sorti brutalement d'un rêve cotonneux. Ce dernier aimerait que ses frères célèbrent son mariage jusqu'au bout de la nuit, mais il encaisse sans broncher. Inutile de protester ou de demander des détails, s'ils décident de mettre les voiles sur-le-champ c'est que la situation l'exige. La mort dans l'âme, Farid et Riad chargent Aziz et Youssef de tranquilliser leur mère. Ils se séparent au pied des marches, se donnent des accolades. Les deux frères félicitent une dernière fois Aziz pour son union. Il les remercie encore pour leur généreuse contribution à la cérémonie, à la fête.

Il doit repasser au quartier changer de tenue. Une douzaine d'heures de route pied au plancher, il ne peut pas les faire en pantalon de costume et chaussures vernies aux pieds. Et il a autre chose à récupérer. Ils montent dans la Safrane V6 de Farid. Il se passe quoi alors. Farid répond par une grimace. Il avale les trente kilomètres jusqu'à la ville à toute vitesse. Ils font une halte à l'appartement que Farid loue avec Stéphanie depuis peu dans une résidence moderne en périphérie, à quelques centaines de mètres de la cité et de l'appartement de sa mère. Farid prend des provisions : Red Bull, sucreries, enfile un survêtement Lacoste noir dans la deuxième chambre transformée en dressing. Pour le séjour qu'il espère court, Farid met aussi quelques shorts et tee-shirts dans un sac de sport. Au fond, derrière la cloison d'un placard, il tire une liasse de billets. Il garde toujours un peu de cash chez lui au cas où. Pas trop, en cas de perquisition. Et il garde aussi des tickets de Loto Foot gagnants pour pouvoir justifier la provenance des milliers d'euros en liquide. Au cas où.

La voiture est dans un parking souterrain loué au nom de la mère d'une ancienne partenaire de Farid. Une de ces « bâtardes », qui apprécie les parties de jambes en l'air arrosées de coke et de whisky, qui pose pas de question, et qui exige rien, même pas de poudre. Pour ouvrir la porte basculante du parking, il récupère la clé dissimulée dans un endroit que seuls Riad et lui connaissent, derrière une gaine de câbles électriques qui monte sur un mur. Il jette un œil à l'allée pour s'assurer que personne n'arrive. Il vient le moins souvent possible ici. Avec les années, il a fait en sorte de ne plus être en contact direct avec sa marchandise, ou tout autre élément à charge. Il paie, travaille avec un nombre restreint de mecs de confiance. Pour convoyer le shit de l'Espagne à la France, il est toujours dans l'ouvreuse, la voiture qui précède d'une quinzaine de kilomètres le second véhicule, chargé, lui. Il s'assure que la police ou les douanes ne barrent pas la route, téléphone à portée de main, prêt à prévenir la porteuse. De sorte que si on l'arrête, il n'est pas en possession de produit.

Mais les go fast sont de plus en plus pistés, les convois de plus en plus risqués, les autorités investissent dans des bolides et font tomber des équipes. Farid a senti le vent tourner et a prévu d'arrêter. En gagnant la confiance d'Omar, son fournisseur marocain, il a gravi un échelon. Il a été invité à Al Hoceïma, à Nador. Il a vu les maisons, les bateaux des gros trafiquants. Omar lui a parlé des pots-de-vin aux douanes marocaines, espagnoles. Des camions arrivent en France sans encombre. Il a offert à Farid de l'associer à la prochaine livraison. Quelques tonnes arrivent dans un semi-remorque, quelques gros bonnets le réceptionnent, se partagent la cargaison. Omar lui a proposé de réserver une tonne. Une tonne, d'un coup. Livrée en France. Sans histoires de logistiques en Espagne à gérer. Terminé pour lui les speed boats à attendre et décharger sur des plages la nuit. Pas de pilote de Zodiac, de mec en charge du GPS en mer, et de petit bras à rémunérer. Plus de risques de finir désarticulé dans l'habitacle après un carton sur l'*autopista*, plus de risques de se faire poser un tracker par les équipes de braqueurs de marchandise qui sévissent. Plus besoin de voyager calibré. Le fourgon bricolé d'Hassan lui apparaît soudain comme un plan merdeux au regard des opportunités qui s'offrent à lui, mais il doit se reconcentrer sur son programme.

Dans le box, il n'y a que quelques cagettes, une pile de plaques d'immatriculation, des restes de sac poubelles et du scotch. Il trouve ce qu'il cherchait au fond. Les restes de quelques pains de cocaïne. Au moins un gramme de miettes, qu'il transvase dans un morceau de sac plastique. Avant de le sceller avec son briquet, il en dépose sur sa main entre la pouce et l'index, paume tournée vers le sol. Il sniffe le petit tas sans paille, à même la main. D'un autre carton, il tire à présent le 9 mm et son chargeur. Il verrouille la porte du garage, replace la clé à l'endroit habituel, puis range le calibre dans son sac au fond du coffre.

Dans la voiture, dont le moteur tourne, Riad est penché sur l'autoradio. Farid a investi dans un chargeur 50 CD. Il s'est fait soigner la sélection par son vieux pote Yacine, grand connaisseur de funk à l'ancienne et de bon rap. Mais parmi les dizaines de disques, ces derniers temps il revient toujours à l'album de Rim'K, *L'Enfant du pays*. Trop fort. Un vrai. Pour Farid, personne parle comme lui de leur réalité, de leur vécu. D'ailleurs, même s'il n'est pas d'humeur mélomane cette nuit, un peu de musique le détendra. Ils quittent la ville. La chanson *Boozillé* et les effets de la coke se marient parfaitement. Après la barrière de péage, il appuie sur l'accélérateur, l'autoroute est déserte.

Mounir est réglo. Je sais pas ce qui a pu se passer. Il allume une cigarette, entrouvre la vitre, la fume compulsivement. Les titres de Rim'K s'enchaînent. Que des bons morceaux. Le rappeur de Vitry parvient parfois à le tirer de sa gamberge sur les 150 kg entre les mains des douanes. Le paysage nocturne défile à 200 km/h. Farid reste sur la voie de gauche, fait des appels de phares aux rares voitures qui apparaissent au loin sur sa route, pour qu'elles se rabattent.

Ce putain de J5, ça le travaille. Est-ce que c'était une bonne idée de continuer avec Hassan ? Il le connaît depuis longtemps. La cinquantaine, profil agent de sécurité et gros joueur. Cote et Match, tiercé, il y a laissé plus qu'il ne prenait. Souvent à la dèche, il grattait des billets, des dix, vingt euros pour faire des tickets, et il galérait à rembourser. À l'air maussade de sa femme, quand elle faisait ses courses à Aldi avec leurs trois enfants, on voyait que c'était pas la fête à la maison. Hassan crachait pas sur un peu de shit à l'occasion. Farid l'avait déjà aperçu en mode furtif sous le porche des bicraveurs du quartier. Il l'a approché doucement, semaine après semaine, pour voir s'il pouvait lui faire confiance. Quand le projet s'est fait plus concret et qu'il a été question de chiffres, il l'a aussi briefé. Pas de folie, t'en dépenses et t'en gardes pour ta famille, tu claques pas tout dans les jeux, t'auras pas besoin, d'ailleurs je veux plus te voir au PMU. Il a fait passer le message poliment, tranquillement. Hassan s'est calmé, sa femme a retrouvé un peu le sourire et quelques années de suite, deux fois par année, tout s'est bien passé. Des cent cinquante kilos qui rentraient comme ça, en plus du reste.

Là, cette histoire de toit, plus il y pense, plus une hypothèse se détache des autres. Hassan a été trop gourmand et a chargé plus de marchandise qu'il n'était censé en prendre, il l'aura planquée dans ses bagages sur la galerie du fourgon. Mais est-ce qu'il a fait ça de sa propre initiative ? Ou est-ce qu'il l'a fait pour quelqu'un d'autre, et qui ? Est-ce que cette tierce personne était au courant de ce que faisait Hassan pour le compte de Farid ? Est-ce qu'Hassan a lui-même bavé ? S'est vanté ? Est-ce qu'Hassan a proposé, est-ce qu'on l'a démarché ? Contraint ? Trop de questions en suspens. *On se fait livrer des colis, des délits on en a commis.* Rim'K, putain. Il capte souvent son attention, l'aide à pas trop gamberger.

Ça irait si on buvait que de l'eau, un soir sur deux rébou (…)

On vise les sommes mirobolantes, fuck la douane volante (…)

J'ai un petit problème avec les femmes, trop gentilles, trop connes, ou trop dans le haram

J'ai un problème avec tellement de choses, de quoi se faire des cheveux gris, devenir chauve.

L'album fait son troisième tour en *repeat*, les morceaux défilent comme les kilomètres, ils laissent la Catalogne derrière eux en direction de Valence, le jour se lève à leur gauche, loin derrière la Méditerranée, la nuit se dissipe. *Après chaque nuit qui tombe, sais-tu ce qui t'attend, au tournant ?* L'autoroute devient sinueuse Farid aime pas ce genre de coïncidences qui résonnent comme des présages. L'effet de la cocaïne s'est évanoui, il a un coup de barre. Riad s'est endormi sur le siège passager, Farid songe à se refaire une ligne. Une pointe. Il sort le pochon. En tenant le volant d'une main, il fait une petite ouverture à l'aide d'une canine. Il maintient le volant à l'aide des genoux et tapote sur le plastique. Juste avant de sniffer, il fait une légère embardée qui réveille Riad. Son frère ouvre les yeux au moment où Farid porte la main à son nez. Mon frère, j'espère que tu forces pas trop avec ça. T'inquiète, c'est juste le voyage là. Le Red Bull ça fait rien *zebi*. Mmmm, Riad est à moitié convaincu. Farid lui-même sait qu'il minimise. Quelques scènes se succèdent en un flash dans son esprit : une ligne dans les toilettes d'un bar, une ligne sur la chatte d'une meuf.

Le morceau qui passe s'appelle *Le couloir de la mort*, c'est l'histoire de la Porsche à Vitry. Un des nombreux faits-divers qu'il a suivis dans la presse. Un jeune qui a fait un dégât en cylindrée, causé des morts. *Les keufs te mettent quatre fois plus la lampe torche depuis l'histoire de la Porsche.* Farid pense aux baisés du pilotage. Les wagos, les cross, les quads. Rien de bon. Il pense à ses connaissances mortes en pilotant. Mais pour les affaires, pas pour faire les beaux. *Dring dring commission rogatoire.* Il zappe le morceau. Trop sombre, c'est pas le moment. *Chez nous, très peu de personnes décèdent de mort naturelle*, après ces quelques mots il zappe aussi le suivant, *La liste est longue.* En un peu plus de trente ans, il a connu son lot de deuils lui aussi, *Partis lors d'accidents mortels, de maladie, de leur propre gré ou lors d'une querelle (...) personne n'est éternel, une forte pensée pour mon paternel.* Il pense à son père. Un homme droit. Il ne cautionnerait sûrement pas ce qu'il est devenu. Pourtant il se dit qu'il a pris la relève, qu'il a mis sa famille à l'abri du besoin et plus encore. Les dizaines, les centaines de milliers accumulés, il les a investis au bled. Ça rendrait peut-être fier son père. Des appartements, des maisons dont il encaisse les loyers, des commerces dont il touche les bénéfices.

Il est midi passé quand ils se garent au pied de l'immeuble du quartier de Huelin où Mounir, la femme d'Hassan et ses enfants ont trouvé refuge. Le soleil cogne, les commerces ferment, les Espagnols s'apprêtent à faire la sieste. Il dormirait bien quelques heures s'il n'avait pas cette histoire à tirer au clair.

La compagnie des rebeus

Malgré le sommier un peu raide, j'ai bien dormi. Par le volet à demi fermé, j'entends la circulation sur les avenues, les perruches, des éclats de voix. J'entends aussi Farid dans le salon. Matinal, comme à son habitude. Je me rendormirais bien une petite heure. Mais si on veut aller à Grenade faut pas traîner. Je baille, je m'étire, je m'assois sur le bord du lit un instant. Je suis presque surpris en me regardant dans le miroir de l'armoire. J'avais oublié ma coupe de cheveux. Comme chaque matin, mes yeux sont cernés, gonflés. Est-ce que j'aurais moins de cernes si je fumais moins, je me demande. Je trouve Farid avec une clope à la fenêtre du salon, à observer la rue. Ça va, ça va. Comme moi, il est pas d'humeur à causer au saut du lit. Si on était en France, il serait plongé dans le journal sûrement, en lecteur assidu des pages faits-divers, c'est un de nos sujets de conversations préférés. Souvent, on spécule sur l'envers du décor de la version policière relatée par le quotidien. Parfois, Farid en sait plus que le journal et me raconte. Les cinq cents kilos dans ce garage, c'était à untel, un bon ami à moi. Ils disent contrôle inopiné au péage, c'est du mytho, c'est un coup de balance, ils attendaient le convoi. Telle victime d'une rafale avait rien à voir, en réalité, ils visaient untel.

Je prépare un café dans la petite cafetière italienne de la cuisine, mais la marque qu'on a achetée est vraiment dégueulasse. Encore plus à jeun. On convient de descendre prendre un expresso. Je vais me doucher, je m'habille. Dans la cage d'escalier de l'immeuble, on croise une petite vieille avec son caniche nain. *Gracia*, elle nous remercie quand on s'écarte pour la laisser passer. Ça me fait sourire, c'est vrai ce que me disait mon pote Juan, ils prononcent pas les s à la fin des mots, à Malaga. Et comme pour confirmer, *vamo*, elle dit à son chien. On traverse le carrefour pour se rendre au mercado municipal de Huelin, le petit marché couvert du quartier. On fait un tour dans les allées. Ils aiment ça le *jamón*, hein, me dit Farid devant un énième étal paré de gros serranos suspendus. On achète des viennoiseries un peu sèches et on s'installe dans un café où petits vieux, commerçants, ouvriers discutent bruyamment. C'est bien, hein... C'est vivant, ça fait plaisir *wallah*. L'expresso espagnol corsé nous réveille. Un verre d'eau. On va voir l'Alhambra alors, je propose. En prévision de la route, pour pas se taper la radio espagnole, Farid monte chercher sa baffle bluetooth dans la chambre avant de prendre le volant de la Fiat Uno, je connecte mon téléphone à la baffle. Tu veux que je mette le GPS sur mon téléphone ? Nan t'es fou. Farid rigole. Je connais la route, t'inquiète. Je sélectionne un son américain que j'aime bien. Un peu avant la fin du morceau, Farid me demande du rap français. C'est bien, mais quand je comprends rien, j'apprécie moins. Tu veux pas mettre *Cartel*, Rim'K ? Je le cherche sur YouTube. Un beat à la mode du moment démarre. *Grosse liasse dans le survêtement*. Depuis l'album du 113, *Les Princes de la ville*, et son solo *L'enfant du pays*, j'avais pas suivi la production de Rim'K, mais à l'écoute de ses nouveaux sons, je le trouve toujours fort. Récemment, j'ai entendu un autre morceau, avec un gars de Marseille. Naps, le nom me revient. Les gars de mon équipe l'avaient mis dans la voiture en allant disputer un match de district à la cambrousse. Malgré les joints qu'on avait fumés, on avait gagné 4-0. À la mi-temps, Salim, notre meneur de jeu, était même monté en tribune fumer quelques taffes. Ça l'avait pas empêché d'enchaîner une roulette et une frappe pleine lucarne en deuxième période. Ça m'a donné l'inspi il avait fanfaronné dans le vestiaire.

Rappelle-toi, frère, on s'est connus par terre... Farid kiffe *Le sens des affaires.* Rim'K, c'est vraiment le meilleur, il me dit. C'est pas un mytho, il connaît le trafic, comment il en parle ça s'entend. J'ai un bon collègue du Val-de-Marne qui a bossé avec lui, je sais qu'il venait par ici. Au même moment, on entend, *J'ai tout coupé, j'ai tout revendu, j'ai tout claqué à Marbella...* Tu vois, me fait Farid en me tapant sur le bras : il connaît. Remets-le après. On l'écoute une autre fois, puis je sélectionne *Cellophané.* Sur l'intro, Farid rate les premiers mots, mais termine la phrase : *j'ai le tampon du Roi du Maroc... sur ma plaquette.* Avec toutes ces histoires de shit, je roule mon premier joint un peu avant midi. Ah ouais, déjà, me dit Farid, en souriant. Je souris aussi, c'est les vacances.

L'autoroute quitte les faubourgs de Malaga. On remonte vers le nord par l'A45 en direction de Grenade. Le paysage est vallonné, plutôt aride. Régulièrement sur les flancs des collines apparaissent des plantations d'oliviers, des hameaux aux murs blancs passés à la chaux. Un peu plus loin, un panneau volumineux se dresse sur les hauteurs ; il représente une silhouette de taureau comme on en trouve un peu partout en Espagne. Là, Matthieu, on est en vacances tranquille, mais avant quand je voyais ce panneau, ça voulait dire : c'est parti, t'es sur l'autoroute de la drogue, faut bombarder. Là, bientôt, il faut choisir entre la route par Valence ou celle par Madrid. Et surtout il faut s'arrêter le moins possible. Sur n'importe quelle aire de repos il peut y avoir des condés. Tu t'arrêtes pas, tu traces. Il prenait des bouteilles deux litres d'Oasis, au goulot large, pour pisser dedans en chemin. Ça me fait rire, d'autant que je me rappelle qu'il a un gros calibre. Je l'ai vu la fois où on a rendu visite à une quinquagénaire cochonne que j'avais branchée sur Adopte un Mec. Farid me relançait régulièrement : t'as pas une racli qu'on pourrait aller ken dans tes plans internet là. J'étais pas super chaud, je préfère la configuration inverse... Deux filles et moi. Mais je suis intéressé. Je sais que j'ai accès à un milieu, une matière, des informations qui sont pas données au premier journaleux ou écrivaillon. C'est bien que je donne un peu aussi. Et j'ai acquis une expérience solide pour ce qui est de brancher des meufs sur internet. On est donc partis chez Chantal. On avait pillave du whisky sur un parking, on était bourrés, Farid nous a mis un gros rail de c avant de descendre de la voiture. C'était du rencard à l'aveugle, je l'avais jamais rencontrée, j'avais juste vu quelques photos datées, prises d'un peu loin, échangé de vagues promesses de rendez-vous coquin. Ce soir-là, elle est open : vous voulez venir me prendre mes petits cochons ? Je vous attends. Quand elle a ouvert la porte, on a hésité, on s'est regardés, on a haussé les épaules en souriant et on l'a suivie. La meuf était ridée, mais encore bien conservée... Et très demandeuse. On a bu une bière, on est allés dans sa chambre chacun son tour, et puis on a fini en la prenant en même temps. En sortant, on a éclaté de rire... ça reste entre nous, hein, on a dit presque en chœur. J'avais déjà baisé en présence d'autres hommes, au sauna libertin où je me rendais avec des plans cul, mais j'avais jamais baisé une meuf avec un pote. Pour Farid c'est pas une première. Avec Yacine, et d'autres, dans leur jeunesse, ils se tapaient régulièrement Nadine, une milf du bâtiment C. Ça et le côté tactile de Farid, qui aime bien tâter l'épaule en disant bonjour, ça va mon pote ? Pression sur l'épaule. Bien ? Deuxième pression sur l'épaule. Le boulot, ça va ? Trois. Les jours suivants je me suis demandé s'il était pas gay refoulé et si ça l'excitait pas de voir d'autres mecs en action. Et puis je me suis rassuré en décrétant que la question était absurde.

La route de la drogue, reprend Farid, j'en ai des histoires. En longeant une aire de repos, il me tape sur le bras. Ici, tiens. Et il me raconte comment le moteur d'une Opel Vectra, la porteuse, a lâché dans une montée, s'est mise à fumer, la voiture a failli prendre feu. Le chauffeur l'a appelé, il est reparti dans l'autre sens. Heureusement, je suis organisé. Si j'ai pas tout sous contrôle, si j'ai le moindre doute, je bouge pas. Là, j'avais une voiture de secours à Malaga... Obligé d'appeler un collègue pour qu'il me la ramène. Obligé de transvaser deux cents kilos comme ça au bord de l'autoroute, sale délire. Il m'explique qu'il prend énormément de précautions. Il connaît des exemples de types qui se sont fait braquer leur cargaison parce qu'ils avaient ébruité leur trajet. Il a aussi vu d'autres se mettre à faire des convois avec leur propre voiture. Des hagouns, je te jure.

Le sujet l'anime. Même son propre jeune cousin, il dit. Je l'arrange et tout, mais je vois comment il travaille, et avec qui, c'est des caves, ça vaut rien. Ils font à peine quelques lovés, et ils commencent à tout claquer, ils font les beaux dans des voitures de locations. Avec leurs terrains là, et les choufs sur des chaises pliantes aux deux entrées du quartier. Oh, mais tu veux attirer l'attention des schmitts ou quoi ? Tu veux pas mettre un panneau aussi. Remarque ça existe déjà, des mecs à Saint-Ouen ont fléché avec des tags le chemin jusqu'au point de vente, je lui fais remarquer. « Beuh », « coke ». Y en a même qui offrent des cadeaux : un Banco à gratter, un paquet de feuilles. N'importe quoi, il commente. Et il poursuit sur les coups qu'ils se font entre eux, comment ils sont capables de se braquer, de mettre un type dans un coffre ou de se dénoncer pour cinq cents grammes de beuh. Tous ceux que tu vois là, à la cité, je leur donne même pas un an avant de se faire lever. Farid embraye sur les flics. Ils ont juste à se connecter sur Facebook, Instagram, les réseaux sociaux, et leurs enquêtes sont résolues. Selon lui, même les flics, avant, avaient une certaine considération pour les voyous, qu'ils n'ont plus. Tu te fais serrer, c'est le jeu, ça sert à rien de faire le fou, d'insulter, de menacer les condés, avant de passer à table comme une merde dans les premières heures de garde à vue. Une fois, un OPJ m'a dit, tu vois, je sais que t'es dedans, j'ai rien sur toi aujourd'hui, pourtant un jour je t'aurai. Mais au moins, t'as de l'honneur, t'es pas comme les petites merdes qui nous appellent pour balancer leurs concurrents.

Cette histoire des nouveaux voyous qui ne respectent plus de règles, qui sont prêts à tous les coups de pute, prêts à se donner... Je sais pas quoi en penser. Ça me rappelle Tony Soprano devant le Dr. Melfi qui se plaint que la mafia part en couille. Je me demande dans quelle mesure c'est pas un discours de voyou vieillissant. Je me prends à faire une analyse à l'aide de mes restes de concepts sociologiques. En tant qu'ancien, ayant joui d'une position dominante dans le champ du trafic de stupéfiants, Farid est enclin à des prises de position conservatrices. Réflexe de protection pour frapper d'illégitimité les nouveaux entrants, qui eux tentent d'en subvertir les règles, en modifiant les modes d'approvisionnement notamment. J'ai remarqué que les jeunes « entrepreneurs » de mon équipe favorisent nettement la beuh, qu'ils vont chercher en Hollande ou dans le Nord de l'Espagne chez les gitans catalans. Mieux, beaucoup maintenant font pousser eux-mêmes dans des appartements ou des pavillons discrets. Ils s'affranchissent de l'expertise et de la tutelle de leurs aînés en matière de filières marocaines. Un jour où je cherchais cent grammes de beuh, j'ai entendu Farid déplorer que tout le monde n'ait plus que la weed à la bouche...

A propos de route de la drogue, Farid me parle des brouilleurs que les flics et les douanes utilisent souvent. Quand l'ouvreuse arrive au péage, plus de réseau. Le conducteur ne peut pas prévenir la porteuse, quinze kilomètres derrière, du barrage qui l'attend, et les flics n'ont plus qu'à intercepter. Tu vois, Philippe, qui vient au club. Bien sûr je vois, il me procure 50, 100 grammes d'herbe régulièrement pour ma consommation et un peu de revente au boulot. Farid me raconte comment sur un barrage, il est parti pied au plancher à plus de 200 kilomètre-heure pour sortir de la zone de brouillage et prévenir Philippe *in extremis*. Ça craaaaaaiiiiiint. Philippe a juste eu le temps de faire demi-tour sur l'autoroute, quelques centaines de mètres avant le barrage, de se faire prendre en chasse, de remonter la bande d'arrêt d'urgence en contre-sens jusqu'à la précédente sortie d'autoroute, tracer sur des routes de montagne, cacher la voiture chargée de quelques centaines de kilos de shit dans une impasse de village, cacher la clé en dehors de la voiture pour ne pas pouvoir être associé au véhicule, et aller grelotter dans un verger pendant des heures avant de repartir. Des mois plus tard, Philippe a eu moins de chance. Ils laissent Farid passer comme si de rien n'était. Et les douaniers déploient leur barrage. Il est pris en chasse jusqu'à rouler sur une herse. Il tente encore la course à pied mais se fait plaquer au bout de cent mètres. Un bonhomme Philippe, commente Farid : il a gardé le silence du début à la fin. Il a pas donné un nom. Le procureur a requis une lourde peine, ils l'ont chargé. En contrepartie de son silence, Farid lui a fait envoyer des mandats tout au long de sa détention, dans les cinq cents euros par mois.

On a laissé tourner une playlist de rap West Coast sur YouTube. Illuminée par les rayons de soleil qui transpercent par endroits le voile nuageux, Grenade apparaît au loin au pied de la Sierra Nevada. La conversation reprend un tour plus léger, plus touristique. Les Arabo-berbères ils ont été ici pendant longtemps hein ouais... Je confirme, ils ont bâti l'Alhambra. Aaaah, Farid se réjouit, il est jamais venu à Grenade, jamais il a pris le temps, ça fait plaisir. Ça fait du bien pas vrai. Après avoir été enfermé là... On va voir L'Alhambra, ses morts. Là, je prends l'initiative de mettre le GPS. Je guide Farid jusqu'aux petites rues du centre-ville. Je guette les tags d'Ultras. Croix celtiques, plutôt fachos ici. Sur Google Maps, on se trouve un parking souterrain qui paraît pas loin du palais. Vu qu'il a été érigé en haut d'une colline, on se rend vite compte que la route qui nous en sépare comprend un dénivelé corsé. On prend le temps, on se prend en photo dans les ruelles pittoresques. Tu peux les envoyer à Stéphanie sur WhatsApp steuplé. Il est où ce putain d'Alhambra, on se demande, les mollets sciés. Jamais on l'aperçoit, au moins. On finit par déboucher sur un genre de placette avec des bicoques à l'abri des palmiers, des caisses pour les billets d'entrée, on découvre qu'il faut réserver préalablement sur internet pour visiter, et que c'est complet pour le jour même. On trouve même pas ne serait-ce qu'un point de vue de l'extérieur. Nique sa mère, on verra pas l'Alhambra, on va manger.

On cherche pas midi à quatorze heures, on atterrit dans une enseigne libanaise. Chawarma, falafel. Le type qui prend les commandes demande à Farid d'où il vient. France, mais je suis Algérien. Lui Égypte. Mohamed Salah, bah ouais, on connaît. Deux assiettes OK *khoya*. Assiette libanaise classique, avec le riz, le taboulé, les petits cornichons marinés. Efficace. Pas d'Alhambra, dommage, mais pas grave, on avise. On redescend à Malaga par Nerja, on va s'arrêter, tu vas voir ça tue, c'est la station balnéaire des Anglais. Assiette, café, on traîne pas. Je prends le volant. Je passe mon téléphone à Farid. Comment il s'appelle déjà le morceau de Rim'K de tout à l'heure avec le Marseillais ? On est malins, on a le sens de affaires... Il reprend une partie du refrain. Cap au sud, on laisse Grenade dernière nous, la Sierra Nevada à notre gauche. Assez vite, je vois Farid sortir un billet, la C. Il en dépose sur sa main, la tend vers moi en même temps que le billet. Je sniffe. Coup de fouet quasi immédiat. Elle envoie hein, c'est la frappe ça Matthieu. Après quelques minutes, j'ai le goût dans la gorge, j'ai presque la nausée. Ça passe. J'accélère un peu. Je pourrais le faire en tenant le volant avec les genoux, j'ai l'habitude, mais je préfère demander à Farid de nous rouler un joint.

Le paysage, l'arrivée au nord de Motril, la Méditerranée en fond, réveillent de nouveaux souvenirs chez Farid. Motril. On lui a livré bien des colis sur les plages environnantes grâce à des bateaux surpuissants. Deux, puis quatre moteurs. Quelques centaines de kilos à bord. La Méditerranée la nuit, c'est une autoroute. Tous les soirs, ça traverse. Traverser le plus rapidement possible. Débarquer les ballots, charger les ballots le plus rapidement possible. Traverser l'Espagne le plus rapidement possible. Liquider. Encaisser. Gros profits, mais gros budgets. Le plus cher c'est le pilote, mais faut aussi payer ceux qui déchargent, le gars qui gère le GPS, etc. Je suis concentré sur la route, je m'efforce de me répéter des mots-clés dans la tête, je voudrais pouvoir prendre des notes. En arrivant à Motril, on bifurque sur la droite vers

Nerja par l'A7. Après des zones industrielles et des hectares de serres de cultures maraîchères, de nouveau des reliefs. Des collines, des vallées que l'autoroute enjambe. Le tracé devient plus sinueux. Vers Almuñécar, Farid propose de sortir de l'autoroute pour finir avec la nationale qui longe la côte. On s'extasie sur le paysage, on s'arrête faire une photo du panorama. Farid en finit plus de se réjouir. Il ouvre les vitres pour humer l'air iodé, allume une clope.

On trouve une place dans une petite baie avec une promenade bordée de bars, de terrasses et de paillotes. Les préposés aux grillades font tourner des espèces de pieux sur lesquels ils embrochent des poissons pour les griller presque à la verticale la tête en bas, au-dessus des braises. On se dirige vers la plage, on enlève nos pompes pour tremper les pieds dans l'eau. Un peu fraîche si on veut se baigner, et le vent n'aide pas. On se prend en photo avec mon téléphone. Chacun son tour devant la mer d'abord, puis ensemble en faisant des selfies. Fin d'après-midi d'automne, fin de saison, il reste bien quelques touristes ou résidents anglais, mais c'est plutôt calme. Les transats à louer sur la plage sont déserts, tout comme les terrasses. On s'installe et commande *dos cañas*. On nous les sert avec des olives vertes marinées. En pleine saison, c'est blindé d'Anglais ici, m'explique Farid... avec leur peau rose sous les effets des UV. Ils passent tous les matchs de Premier League. On est venus souvent avec ma sœur, mes frères. On emmène mon neveu et ses potes du quartier parfois, on prend deux appartements : le nôtre, le leur. Ils kiffent ici, ils draguent les Anglaises, les Hollandaises, les Allemandes. Ils ont plus de succès que dans les campings en France... Tu connais... Les étrangères, elles ont pas les mêmes préjugés que les Françaises. Tu vois, le petit Yanis aux yeux bleus qui joue avec les U17 ? Il fait des dégâts à chaque fois, il serre trop de meufs, c'est abusé.

Après une autre pinte, on meurt de faim. Les poissons grillés font envie. On s'en commande un, des *bravas*, quelques *pimientos de padrón*, et on est refaits. Farid se délecte de cette escapade andalouse. On demande à la serveuse de faire une photo de nous deux avec nos assiettes. On pose les pouces en l'air. Maintenant, direction le balcon de l'Europe. Farid nous mène à une placette piétonne en hauteur. Une avancée toute ronde sur une falaise qui permet de voir la côte des deux côtés à 180 degrés. Le soleil s'est couché, la mer est dans l'ombre, l'éclairage public et celui des habitations dessinent la démarcation entre l'eau et la terre. Les falaises de Nerja sont illuminées de vert et de violet. Ça tue pas vrai ? On remonte un peu vers le village et on s'installe sur des tabourets hauts à côté de grosses barriques qui font office de tables devant un bar de la place centrale encore animée. À quelques mètres, trois trentenaires espagnoles bon chic bon genre discutent autour de cocktails genre Spritz et Caïpirinha à la mode du moment. Elles nous observent en coin. Farid me fait un signe de la tête dans leur direction, avec un clin d'œil, je souris.

On nous apporte deux pintes, Farid boit quelques gorgées avant d'aller dans le bar. Je suppose qu'il ne va pas simplement pisser. Je suppose juste car il revient en reniflant. Tu veux t'en faire un petit ? Je refuse pas. Je fais une trace sur le dévideur de PQ. Quelqu'un essaie d'ouvrir la porte verrouillée. Relou. Je sniffe avec un billet de dix en essayant de pas faire trop de bruit, même si la musique lounge me couvre un peu. Je tire la chasse d'eau pour la forme et je souris en sortant à la brune de la table de trois. Je rends le plastique à Farid sous la table en retournant m'asseoir. On reboit des bières, je lui tape une clope, on reprend de la poudre. Le serveur, un peu tatoué et chevelu, repère notre petit manège, nos conversations animées et nous adresse des sourires complices. Regarde, je suis sûr qu'il tape lui. Je les repère. Tu vas voir. Farid retourne aux toilettes. Au retour, il interpelle le serveur. *Amigo!* Il baisse la voix. Pour toi, dans les toilettes et il se frotte le nez. Le serveur revient quelques instants après. *Bomba! Mucha gracia hombre.* Visiblement, elle fait son effet. Yacine m'a souvent dit que Farid avait toujours de la frappe. Mais il le soupçonnait de la couper quand il s'agissait de le dépanner à l'œil. Yacine me disait ça outré, depuis le temps qu'on se connaît, avec ce qu'il ramasse, les services que j'ai rendus, les téléphones, le produit chez moi, c'est risqué, Matthieu. Il gratte quand Farid lui confie quelques pains de cocaïne, je l'ai vu essayer d'arranger au couteau le coin d'un pain de 250 grammes qu'il avait entamé pour dissimuler son prélèvement. Il voudrait de la pure en open bar, ce con.

Le serveur est survolté, on rigole en le voyant aller et venir à grands pas, plaisanter et rire à gorge déployée avec les clients attablés. Les meufs trentenaires s'en vont en nous jetant un dernier regard. Tant pis. On cause encore un peu, par bribes, avec le serveur au gré de ses allers-retours du bar à la terrasse. La saison, les étrangers, les Anglais toujours là, les Russes de plus en plus présents. On admire encore les lieux. Les neveux, les gamins du quartier se rendent pas compte de la chance qu'ils ont qu'on les emmène ici. Pour Farid, les vacances au bord de la mer ça a commencé à l'adolescence. Mais les étés au bled, c'était déjà pas mal. Moi c'étaient les campings, deux semaines par an avec ma mère et ma sœur ou les colonies de vacances. Et on se raconte nos histoires d'adolescents en camping. Moi qui chouravais des bouteilles dans les supérettes pour les revendre, les échanger contre du shit avec des mecs de région parisienne ou d'ailleurs. Lui qui découpait des savonnettes, détaillait du shit et claquait le bénéfice sans compter. Malgré les effets de la C, on commence à se cailler, c'est le moment de rentrer.

Farid se propose de reprendre le volant, j'ai vraiment rien contre, je sens que je suis un peu pété même si la poudre atténue l'effet de la tise. De Nerja on retrouve vite l'autoroute A7 vers Malaga. Je suis encore speed, je roule un joint. Le bout de shit a pris une claque en moins de quarante-huit heures... Il va falloir en trouver à Malaga ou je vais me taper des insomnies. J'allume le joint. Alors Matthieu, tu vas faire quoi en rentrant ? Tu vas vivre où, faire quoi ? Je change de coin, je vais explorer des plans boulots ailleurs. Et tes parents, ils font quoi ? Ouvrier puis employé, pour mon père, ma mère secrétaire, ils sont à la retraite. Ma mère dans le sud, mon père dans le centre de la France. Ils ont divorcé quand ? Quand j'avais douze ans. Farid me pose encore quelques questions. Certaines qu'il m'a déjà posées. Il a parfois l'attention flottante, surtout quand il a tapé, ça turbine sous son crâne, mais là, je le vois concentré. Je lui raconte notre trajectoire résidentielle. Des HLM aux pavillons, puis retour aux HLM après le divorce. Adolescence dans des cités de ma ville nouvelle et des maisons mitoyennes HLM, scolarité en ZEP, club de foot du quartier. Vols à l'étalage et un peu de graffiti, je suis un petit délinquant mais j'ai de bons résultats à l'école, ma mère fait ce qu'elle peut pour m'éviter de traîner avec les galériens du quartier qui traficotent, au lycée je me lie avec des enfants des classes moyennes. On m'encourage à tenter des « grandes écoles » plutôt qu'aller à la fac sans trop d'ambition, pour toucher la bourse, comme les potes du quartier qui décrochent le Bac. À demi-mot, j'évoque le caractère de mon père, impatient et irascible, qui avait le coup de pied au cul ou la mandale faciles. Puis je relativise et je m'appesantis pas, parce que même si les relations avec le daron ont parfois été compliquées, j'ai rien d'un enfant battu. Leur côté impétueux, extrêmement sanguin, Farid et ses frères ne le tiennent pas de nulle part, et j'imagine qu'ils ont connu des moments plus durs que moi. Au club, je les ai vus monter dans les tours pour une défaite, un entraînement qui se passait mal. Parfois proches d'en venir aux mains avec un joueur, ou même entre eux. Chaque fois, il a fallu l'intervention de plusieurs personnes pour les faire décompresser. Et même si ça n'a rien d'une règle générale, beaucoup des mecs les plus chtarbés que j'ai croisés dans mon adolescence prenaient des coups chez eux. Celui qui se fait marave chez lui craint moins les sanctions du monde extérieur, je suppose. Farid rebondit. Leur père venait d'une grande famille dans son village en Algérie. Ils possédaient des terres, des bêtes. Il a quitté le pays à cause d'un différend avec son frère, s'est fait embaucher en usine en France et ne s'est jamais vraiment accommodé de son changement de condition. Il s'est mis à boire et, adepte de la ceinture, a régulièrement violenté femme et enfants. Et lui, l'aîné, il a plus ramassé que les autres. Farid en dit juste assez pour me permettre de comprendre, sans entrer dans les détails. À l'école, rapidement, ça a pas marché. Il commence à sécher les cours au collège. Il se défoule à la boxe thaï, il est prometteur, gagne ses premiers combats en junior. Il est comme tous ces mecs dans le foot, la boxe, ou autre, dont on dit qu'ils « auraient pu faire une belle carrière... mais». Le «mais» de Farid c'est une blessure mal soignée à la main gauche qui l'éloigne d'une carrière pro. Des types de la boxe sont videurs dans différentes boîtes de nuit. Pas encore majeur, Farid fréquente le milieu de la nuit. Il se fait plus rare à l'appartement parental, passe uniquement pour voir sa mère, son père a arrêté depuis longtemps de le sermonner ou de le corriger, ils ne se parlent plus. Au quartier, il commence à peser dans le shit. En ville, on le sollicite pour de la coke, il fournit. À la cité, il côtoie des équipes de cambrioleurs, de braqueurs, se laisse embarquer dans des coups. C'est la grande époque des marches arrière ou «voitures-béliers», comme disent les journaux. Parfums, tabac, hi-fi, vêtements, tout y passe. Au début des années 1990, les receleurs du coin ont toutes sortes d'articles à proposer. Dans son commerce, petit à petit, on lui demande des quantités plus importantes, les clients se multiplient, et Farid monte en grade, abandonne le détail. Et voilà... C'est la vie, il conclut.

On regagne l'appartement de Malaga un peu après minuit fatigués par notre excursion. Un dernier joint, quelques informations générales et sportives de la télé espagnole et on va se coucher. Dans le lit je me prends encore à gamberger. Farid et moi en vacances. Un duo improbable. Je repense à Nadia, une ex. Tu cherches la compagnie des rebeus, elle m'avait sorti, quand j'avais sympathisé avec Mounir pendant une formation Pôle emploi. Formation c'était un grand mot : une journée obligatoire pour apprendre à mettre en forme CV et lettre de motivation. Avec Mounir, qui était dans la finance et qui boursicotait à son compte, on n'avait pas appris grand-chose, on s'était même emmerdés sec. On avait discuté, déliré sur quelques cas sociaux parmi les participants, branché et ajouté sur Facebook la petite Anissa, qui sortait d'une expérience professionnelle chez Nocibé et qui sentait encore bon la parfumerie. En remplacement de dernière minute, Mounir cherchait un joueur pour un foot en salle le soir même, j'avais joué, le match s'était bien passé... Je m'étais retrouvé toutes les semaines au futsal avec Mounir et sa clique. Avec ma boule à zéro, un jeu un peu rugueux, j'avais gagné le surnom de Jason Statham de la salle.

« Fréquenter des rebeus » ? Un hasard, les circonstances, j'avais dit à Nadia pour éluder. Mais elle m'avait fait cogiter plus d'une fois après coup avec sa remarque. Et voilà que ça me reprenait. Est-ce que je cherchais *leur* compagnie ? Elle avait peut-être pas tout à fait tort. En même temps, je trouvais *leur* compagnie sans la chercher aussi. J'avais pas choisi le quartier de mon adolescence, ni le collège, le foot… J'avais pas choisi d'être boursier, de vivre en Cité U, d'atterrir à Pôle emploi. Mais je dois admettre que pendant mes premières années d'études, loin de chez ma mère, j'avais passé autant de temps avec Kader, Mehdi et Hakim, les gars de ma cité U qu'avec les camarades de « promo » bourgeois. Fumette en groupe dans nos chambres de 9 m², voyages en Hollande. T'as kiffé le jour où t'as tourné avec Hakim dans le cabriolet qu'on lui avait prêté, et que des bourges de ta promo t'ont vu. Ça te plaisait de penser, et qu'ils pensent, que tu n'étais pas comme eux. Parce que tu ne veux pas leur ressembler. Tu ne veux pas faire partie de leur monde. Le monde de ceux qui croient accéder à leur position sociale parce qu'ils seraient plus intelligents, plus brillants, ou parce qu'ils auraient davantage travaillé que les autres. Le monde de certains de tes « camarades de promo » qui vivent pour leurs études dans des appartements plus grands que le F3 de ton père. Le monde de ceux qui fêtent le nouvel an à New York et te sortent, « On peut traverser l'Atlantique pour une bouchée de pain de nos jours », toi qui n'as encore jamais pris l'avion à 20 ans et qui vas *chialer au CROUS* pour avoir des nouvelles de ta bourse comme dirait le Bavard du groupe La Rumeur. Ceux qui ont des plans pour des stages dans des ambassades prestigieuses, à qui tu vends la beuh dans les chiottes de l'école parce que t'as pas les moyens de ta consommation. Qui se prélassent l'été au Cap-Ferret ou dans les Cyclades pendant que tu trimes en pépinière ou à la poste pour avoir de l'argent à la rentrée, en attendant la putain de bourse sur critères sociaux. Comme dans la chanson de Fabe, *Correspondances*, *je recevais pas de courrier mais ça m'a pas empêché de trier le tien*. Ceux qu'il faut convaincre en les intimidant de laisser entrer tes potes de la Cité U dans leur soirée grande école de mes deux. Ceux qui repèrent les « incrusteurs » seulement quand ils ne sont pas blancs.

Et je ressasse, oui, mais toi aussi, tu *les* as craints. Tu faisais pas le malin à douze ans tout seul dans les venelles du quartier quand tu croisais un petit groupe. Tu t'es laissé prendre un ballon de foot, une casquette, sans rien faire, seul contre plusieurs. Tu ne bronchais pas au collège. Vous ne bronchiez pas, vous, les petits blancs. Pourtant vous vous battiez entre vous, vous n'aviez pas peur de prendre des coups, d'en donner. Mais avec les *racailleux*, ceux qui venaient en scooters à onze ans, qui prenaient des conseils de discipline dès la sixième, qui mettaient des coups de pression à tout le monde, c'était différent.

Mais t'as appris tôt à ne pas généraliser. La plupart n'étaient pas des terreurs mais des camarades de classe, du centre de loisirs, des coéquipiers, des potes. Les commerçants marrants du marché font des prix à vos daronnes sur les paires de Nike. Tu kiffes les makrouts du ramadan que les voisins offrent dans l'immeuble de ton père. Tu kiffes *Haoulou,* de Cheb Mami, et l'ambiance dans le Renault Trafic de l'ASPTT en allant jouer en DHR le week-end. Les salades catalanes dans le minibus, Khalid, Mohamed, Redouane, que vous charriez parce qu'ils boivent pas à la bouteille après vous qui avez bouffé des jambon-beurre. Blancs, laotiens, maghrébins, noirs, vous gratifiez les autres automobilistes d'un dégradé de culs collés à la vitre. Toute l'équipe vénère Mohamed quand il plante un triplé en Gambardella pour remonter le score et vous qualifier. Ça s'envenime avec « les paysans », comme vous appelez les joueurs des clubs de campagne. Ils vous regardent mal. Vous savez ce qu'ils pensent. « Rentrez chez vous » tendancieux, vous entendez.

Tu as grandi avec... mais surtout à côté, faut pas te mentir. Au collège, ta mère choisit allemand première langue. Pour éviter les classes « craignos », comme disent les mères de petits blancs, au fait des stratégies d'orientation qu'on échange aux goûters d'anniversaire ou en se croisant à Leclerc. Tu sais que ça signifie souvent : éviter les classes avec des Arabes. Du coup, en sixième allemand y a quelques Turcs, qui enseignent des rudiments de la langue de leurs parents. Tu sais encore dire fils de pute en turc.

Tu connais bien le racisme ordinaire des prolos blancs, tu l'as côtoyé de près. À l'école primaire des pavillons tu entends les blagues racistes rapportées de chez eux par certains écoliers. La blague, tu connais le super héros chauve-souris. Oui, Batman. Tu connais le super-héros qui vole dans les supermarchés ? Non. Musul-Man. Tu sais combien de temps met une femme arabe pour descendre les poubelles ? Neuf mois. C'est quoi un Arabe avec un crapaud sur la tête ? Un crapaud qui a une tumeur au cul. Tu vois ton père froncer les sourcils et t'ordonner de ne pas répéter ce genre de blagues, ce n'est pas drôle, des gens bien et des gens mauvais y en a de toutes les couleurs et de toutes religions. Tu sais que c'est pas le même discours dans tous les foyers. Tu as entendu le gros facho, le nouveau mec de Mireille, la copine de ta mère. Les bougnoules,

les bicots, les melons. Vous avez treize ans Julien, le fils de Mireille, et toi. Vous vous embrouillez avec lui. Vous êtes contents quand Mireille largue le manutentionnaire raciste. La nounou de tes petites sœurs se fait appeler Cathie pour pas effrayer les fachos. Vous rigolez en voyant ta deuxième sœur, de quinze ans ta cadette, imiter la prière du mari de Farida alias Cathie, en posant le front sur un tapis. Tu te souviens de Michel, l'inspecteur de police, le mari de Geneviève, la collègue de ta mère. Il fait sauter les PV alors faut pas le contredire sur les Arabes. Les flics, tiens... À douze ans, un été, t'es allé porter plainte avec Julien et Pierre, vous vous étiez fait dépouiller de quelques francs par des grands sur la dalle et Pierre s'était pris une patate quand il avait pas voulu vider ses poches. C'étaient des « crassouilles » ? a demandé le flic. Vous vous êtes regardés. Des « Arabes » ? a reformulé le flic. *Crassouille*, vous connaissiez pas ce mot. Vous avez vu plein de visages familiers dans le fichier, pas seulement des Arabes. Vous avez fait connaissance avec le racisme dans la police et un penchant prononcé pour les posters de Hot Video. Tu réalises bien après qu'au collège on envoie la majorité de tes camarades rebeus dans les filières techniques. Les blancs qui ont les même notes naviguent jusqu'en STT. L'histoire du BEP chaudronnerie d'Oxmo, c'est pas un mythe. Tu sais bien que tu n'as que très rarement subi un contrôle de police sans être accompagné d'un Arabe. On ramène un artiste, t'es pas majeur quand la BAC te fout en garde à vue pour un flagrant délit de graffitis. Et ils te crachent dessus, et l'OPJ te repeint la gueule avec tes bombes et t'insulte. Mais dans la cellule en face, Nordine que tu connais de vue du collège, prend des droites pour une histoire de scooter volé.

Mais est-ce que tu cherches *leur* compagnie ? Farid, Yacine, le club de foot du quartier. T'aurais pu fréquenter des gens du taf, tu le fais pas. Avec eux, tu chercherais une sorte de réconciliation symbolique ? Ou tu la fantasmes. Une réconciliation entre des franges de la classe ouvrière divisées. La presse en boucle depuis trente ans sur le voile islamique, l'insécurité, le terrorisme, ça favorise qui dans la lutte des classes ? Eh ouais, t'es bourré tu t'en bats les couilles, t'assumes les grands mots comme ça. Et comme beaucoup avant toi, tu te demandes pourquoi toi t'as échappé aux « régularités » de la sélection scolaire, de la reproduction sociale. Et en même temps, tu te dis que t'es toujours un ouvrier, juste un peu mieux payé. T'as beau avoir deux diplômes Bac+5, t'es un tâcheron de l'info, de leur presse, qui enchaîne les reportages sur leurs sujets de merde. Tu végètes. Tu sais toujours pas te vendre. T'as l'impression qu'il te manquera toujours l'assurance des bourgeois, ou leur facilité à lécher des culs, *réseauter*. Tu te sais capable de mieux, t'es frustré. Les sujets sur le temps qu'il fait, l'actu locale couverte à la va-vite, les CDD, le rôle de bouche-trou. Tu penses à tout ça, mais si demain on te file ne serait-ce qu'un CDI et les avantages qui vont avec, est-ce que t'en auras encore quelque chose à faire ? T'as déjà un boulot enviable. Tu pars en reportage, tu vois des matchs, tu bouffes au resto à l'œil, entrée-plat-dessert, tu vois du paysage. Et tu gagnes. T'as déjà un revenu confortable. Et une allocation chômage de cadre quand tu déclines des contrats pour te faire des vacances. Y a qu'à regarder les sommes que t'ont réclamées les impôts quand ils t'ont retrouvé. T'es déjà un peu un bourgeois mais t'assumes pas, tu veux pas te l'avouer et tu te donnes l'impression de ne pas en être un, en traînant avec des mecs de quartiers.

Putain, redescends, je me dis, t'es encore parti loin et dans tous les sens, en mode auto-socio-analyse, ça rime à quoi. Laisse tomber, va. C'est ta névrose de classe, tu la connais. Combien de fois t'auras besoin de tourner en rond dans ta tête. Que tu cherches ou pas la compagnie des rebeus ou des Inuits, t'es là, à Malaga avec Farid, faut que t'en fasses quelque chose, et profite, parce que... Ça tue hein, ouais. En fermant les yeux pour m'endormir, je tente de reprendre le fil de l'histoire des douanes la nuit du mariage de son frère. Qu'est-ce qu'il m'a raconté encore...

Diouana

Dans la cage d'escalier, Farid entend des chamailleries, puis des cris et des pleurs d'enfants. Il se dit qu'il plaint les parents, mais en arrivant devant la porte il s'aperçoit que ça vient de son appartement. Merde j'avais oublié qu'y avait leurs gosses, il se dit en se tournant vers Riad, alors qu'il frappe à la porte de sa façon habituelle, quatre coups secs, celle que Mounir reconnaît immédiatement à l'intérieur. Farid et Riad trouvent leur associé désarmé, les poches creusées sous les yeux. Durant la nuit, il a laissé le lit à la femme et à ses enfants, se contentant du canapé inconfortable du petit deux pièces. Les deux gamins sont chacun à une extrémité de la pièce. Ines, la petite de cinq ans boude assise à une table près du balcon. Rayane, le garçon de huit ans, fait une mine renfrognée, concentré sur des footballeurs à l'entraînement à la télévision. Ils se battaient pour la télécommande, commente

Mounir. Elle voulait voir les dessins animés, lui le Barça. Le frère l'a tartag. Ça commence bien, se dit Farid. La blédarde et les petits dans les pattes. Farid salue la femme en lui tendant la main, lui demande son prénom. Yousra. Il ne l'avait jamais vue d'aussi près. Taille moyenne, petite quarantaine, habillée comme une paysanne marocaine, mais des bonnes hanches et encore mignonne. Il se montre prévenant, lui demande si elle n'est pas trop choquée, la douane tout ça, *mouchkil*, mais ça va, ça va aller... Merde, elle se met à sangloter... Maman, il revient quand papa? demande la petite et elle se met à pleurer à chaudes larmes aussi. Elle va pas le revoir tout de suite son papa, *miskina*. Et sa mère a bien compris de quoi il était question, elle demandait pas mais elle savait que son mari faisait des affaires louches, et qu'il était particulièrement stressé sur les trajets retour. Ça commençait quand il allait faire vérifier leur fourgon au garage à l'ancienne «Mécanique *Ginirale*». Elle se doute que son mari ne va pas être libéré du jour au lendemain, que ce n'est pas une erreur. L'arrivée en France seule avec ses enfants va être délicate. Et elle doit déjà s'imaginer la galère qui l'attend. Les papiers, le compte en banque, les factures, tout ce que gérait Hassan. Il va falloir y aller tranquillement avec elle, juge Farid.

Il sort sur le balcon et s'allume une cigarette. Regarde la mer au loin. Pas un nuage, une belle journée d'été. Il se retourne et se frotte la tête devant la scène. Les enfants de Hassan qui comprennent pas bien ce qui se passe, sa femme. Encore un qui est allé se chercher une femme au bled. C'était la mode dans les années 1990, c'était bien vu, encouragé, gage de sérieux. Et puis beaucoup en sont revenus, mais y en a toujours qui tentent leur chance. C'est comme la Française des jeux, y a plus de perdants que de gagnants, songe Farid. Il en a vu des épouses modèles au bled qui tombent le masque en arrivant ou une fois qu'elles ont le titre de séjour. Celles qui mettent le voile ou qui se mettent à pourrir la vie du mec : à se pomponner pour le rendre jaloux, à lui reprocher leur train de vie modeste, à comparer, à médire sur sa famille. Celles qui vont jusqu'à porter plainte pour des violences imaginaires, obtenir le divorce, priver l'autre de ses enfants s'ils en ont. Il en a connu, on lui a rapporté des cas. Une blédarde, très peu pour lui. Va savoir s'il peut faire confiance à celle qui se mouche le nez et essuie ses larmes en ce moment même dans son salon d'Andalousie. Riad tire la porte coulissante et le rejoint sur le balcon. Tout le monde a faim je crois, moi aussi, je vais mourir. Il propose d'aller chercher à manger avant de la questionner en détail.

Farid retire discrètement un billet de cinquante de sa sacoche, prévient Mounir qu'ils descendent acheter à manger et lui indique du regard qu'il dépose sa sacoche sur la table de nuit dans la chambre. Il y a une sandwicherie sur l'avenue, à cinquante mètres de l'appartement. Farid est un habitué qui laisse souvent des pourboires conséquents, donc le blédard qui fait tourner la broche l'accueille avec les formes. Farid et son frère commandent des kebabs frites pour chacun, patientent avec un café et une clope sur une des deux tables devant le commerce. Riad adresse un hochement de tête à Farid, manière de lui demander comment il envisage la situation. Ils n'ont pas besoin de parler pour se comprendre. Elle est choquée, normal. Mais il faut qu'elle nous dise tout ce qu'elle sait. Ils repartent avec six boîtes jaunes en polystyrène dans un sac plastique, un assortiment de sauces dans des petits pots, et des canettes de Coca et de Fanta.

Les enfants sont les plus affamés, ils dévorent leurs kebabs. Ça passe plus difficilement pour les adultes. Ils avaient beau avoir faim, les soucis entament l'appétit. Ils mangent en silence, la télé espagnole en fond. Yousra doit réprimander son fils qui tape des frites à sa sœur. Farid cale après avoir avalé la moitié de son sandwich. Les enfants, vous êtes fatigués, vous allez faire une petite sieste hein... Il le leur suggère doucement, mais fermement. Il récupère sa sacoche dans la chambre et ferme à moitié le volet roulant. La mère guide sa progéniture jusqu'au lit. Farid sort une couverture d'un placard.

Sur la plaque électrique du coin cuisine, il prépare un café avec la petite cafetière en inox du meublé. Il éteint quand il entend le bruit caractéristique de l'eau bouillante qui finit de monter à l'étage supérieur. Il sert des petites tasses qu'il déplace sur un plateau jusqu'à la table du salon. Il prend la sienne et boit son café noir accompagné d'une cigarette sur le balcon. Il l'écrase avant la fin dans le cendrier San Miguel, sur le rebord. Il entre dans le salon. Il attrape sa sacoche. Je vais te donner de l'argent, on va t'aider à rentrer avec tes enfants. Il s'assure par la porte entrouverte que les gosses sont endormis. D'abord on est obligés de te poser des questions. Pour aider ton mari, on a besoin de savoir tout ce que tu te rappelles. Il faut que tu te concentres. D'abord, tu as dit à Mounir qu'ils vous ont fait des problèmes pour vos bagages sur le toit, c'est ça ? Comment ça s'est passé ?

Elle parle dans un français ponctué de mots en darija. Elle décrit les heures d'attente habituelles, que tous connaissent bien pour avoir régulièrement embarqué sur les ferrys. Les files de véhicules à Tanger, où tout se passe normalement pour la famille. Ils embarquent, cinq heures de voyage jusqu'à Malaga. Hassan était stressé, agité. Elle se rappelle qu'il a crié plusieurs fois sur les enfants pour leur dire de se calmer alors qu'ils n'étaient pas spécialement dissipés. Elle lui a demandé ce qu'il avait, pourquoi il était irrité. Il lui a servi sa ritournelle : il aime pas le retour et ses contraintes, les contrôles, et le Maroc qui lui manque déjà. Le Maroc... En tant qu'Algérien, Farid a souvent entendu des saloperies sur le Maroc et les Marocains. Ils se seraient moins battus contre les colons français, ils sucent les Américains, ils laissent les touristes envahir leur pays et leur permettent n'importe quoi, vont jusqu'à prostituer ou vendre leurs filles... Il a lui-même parfois repris ce type d'attaques pour chauffer ses potes marocains du quartier. Le conflit Maroc-Algérie, c'est un peu comme la rivalité entre ses potes supporters de l'OM et du PSG ou ceux du Real et du Barça, ça anime les conversations, ça génère toujours des bonnes vannes, tout le monde fait mine de s'enflammer, mais ça reste un jeu. Et depuis des années, entre le business et les voyages détente à Marrakech ou à Agadir, Farid a revu son opinion sur le Maroc. Même si la plupart du temps ils veulent lui vendre de la camelote, il trouve les Marocains chaleureux, accueillants. Ça vit, on mange bien. Il se dit parfois que l'Algérie ferait bien de s'ouvrir un peu. C'est différent à Alger ou Oran... mais quand il voit certaines villes mortes à la tombée de la nuit, des gens qui font la gueule, maussades, il se demande combien de temps les années de plomb vont encore peser sur la terre de ses ancêtres.

Ses pensées s'évanouissent aussi vite qu'elles sont apparues sous son crâne quand Yousra aborde le débarquement au port. Hassan toujours tendu, encore plus quand après le déchargement du ferry, les douaniers font ranger leur Peugeot dans une file inhabituelle, avec des plots orange. Yousra se souvient qu'il s'est mis à suer à grosses gouttes. Le soleil cognait fort sur le bitume, c'est vrai, elle précise, mais à l'entendre, le type s'est liquéfié. Plus ils avançaient, mètre par mètre, plus ça se confirmait : ils étaient dans la file destinée à passer à la fouille. Pas la petite inspection, la fouille en règle. *Diouana* comme elle dit, avec les chiens, les outils, prêts à tout désosser. A quelques dizaines de mètres, un chien s'est mis à aboyer, à tirer sur sa laisse. La voiture qu'on lui présentait ne semblait plus l'intéresser. Les enfants ont été tirés de leur partie sur la Game Boy Advance. Il est fou le chien ? ils ont demandé. Quand est venu leur tour, le chien était surexcité. À la descente de leur fourgon, elle se souvient d'avoir senti une forte odeur de shit. Elle s'y connaît pas beaucoup, mais ça sentait pareil que quand elle passe près de petits groupes devant son hall d'immeuble en France. Hassan lui a déjà dit qu'ils fumaient du haschich marocain. Eh bah, ça sentait pareil, kif-kif. Et c'est là que le chien a sauté sur le capot, en glissant sur le pare-brise, avant de se planter sur le toit en aboyant et en remuant la queue. *Diouana*, ils disent c'est bien le chien... Et Hassan, il s'est pris la tête dans les mains. Yousra croit même qu'il a essuyé quelques larmes. Les douaniers se sont mis à tout déballer, en commençant par la galerie. Ils ont pas mis bien longtemps à extraire les premiers kilos, à peine dissimulés dans le barda sous la bâche verte.

Farid l'écoute sans l'interrompre. Il fulmine intérieurement. Qu'est-ce que c'est que ce cave qui charge des kilos sur son toit par 40° à l'ombre ? Les chiens... Mais ils ont dû le sentir venir depuis Tanger, c'est pas possible. Comment on peut être aussi teubé ? Et pourquoi il a fait ça ? Elle se met encore à pleurer. Après ils l'ont emmenée comme un voleur, devant les enfants. Ils l'ont emmenée à part dans un local, lui ont posé toutes sortes de questions.

Elle savait rien, elle jouait pas la comédie. Ils ont l'habitude. Ils l'ont poussée vers la sortie avec ses enfants, ils lui ont dit de se représenter quarante-huit heures plus tard. Elle connaissait personne ici, qu'est-ce qu'elle allait faire. Et ses affaires, et des vêtements pour les enfants, c'était pas leur problème. Elle s'est retrouvée sur le parking en pleurs, ses enfants en pleurs aussi, des questions plein la bouche, elle sans réponse. Elle a appelé sa famille au Maroc. Sa famille au Maroc a appelé des cousins en Espagne. Almería c'est pas la porte à côté, ils devaient s'organiser pour venir la chercher, ils ont promis de rappeler au plus vite. C'est là qu'est apparu Mounir. Après trois heures d'attente en vain, à l'endroit convenu, il s'était rapproché du port. Il pouvait pas appeler Hassan, il était censé attendre son coup de fil. Il a bien fait de pas appeler. Il a fini par trouver Yousra.

Elle se remet à pleurer et à s'apitoyer sur son sort. On a plus le temps pour ça, pense Farid qui lui tend un mouchoir de la boîte en carton sur la table. Et les sièges, tu les as vus chercher sous les sièges à l'arrière, essayer de les démonter, regarder le sol ? Non ? Tu es sûre ? À cent pour cent ? Non, le toit, que le toit, elle maintient en reniflant. Farid agite machinalement sa jambe sous la table, il se frotte encore la tête, réfléchit. Se pourrait-il vraiment qu'ils n'aient pas découvert la trappe ? Est-ce qu'ils ont cru avoir déjà trouvé ce qu'ils cherchaient ? Ses cent cinquante kilos dormiraient encore dans le faux plancher. Il faut dire que Hamid, son garagiste, a fait ça bien. Le sol est identique à celui d'origine, il l'a à peine surélevé, on n'y voit que du feu. Et la cire, c'est vérifié, les chiens ne sentent rien. Peut-être qu'ils n'ont pas désossé complètement le fourgon. Ça voudrait dire plusieurs choses. D'abord, ils ne sont peut-être pas suspectés, et Hassan ne sera pas contraint de les donner. Est-ce qu'il ne va pas se décomposer, tout balancer en échange de fausses promesses concernant le sort de sa femme et de ses gosses. Ça fait plus de douze heures que Hassan a été arrêté. Il connaît leurs procédures à force, il risque une commission rogatoire, une perquisition. Les flics l'auraient déjà fait, normalement. S'ils ont un peu enquêté sur lui, ils ont dû le loger sans difficulté chez Stéphanie. Donc c'est pas possible : ils savaient pas, ils savent pas. Ils devraient déjà avoir cassé la porte de Stéphanie et il aurait été averti. Hassan s'est fait serrer à cause d'une autre cargaison, c'est sûr.

Avant de partir, vous avez fait quoi, il a fait quoi Hassan. Il s'est absenté ? Elle relève la tête, réajuste le foulard qu'elle ne porte que sur une partie des cheveux, noué sur le dessus. Son regard pensif, dans le vague, redescend vers la table et se fige un instant. Il est allé au garage, «*La Micanique*», comme il faisait à chaque fois, elle précise. Pour... Elle cherche un mot français. Les niveaux, il dit. OK. Farid sait que cette histoire de niveaux, c'est son contact rifain qui lui livre la marchandise jusqu'à Taza. Et quoi d'autre? Rien? Ah si, elle se souvient que le même soir que les niveaux, la veille du départ, un type est venu. Hassan a entendu un coup de klaxon et il est sorti de la maison. Elle a pas fait attention, ils buvaient le thé avec sa tante, des cousins. Et ça lui revient maintenant. Le lendemain, elle l'a surpris en train de charger deux gros sacs de sport qu'elle n'avait jamais vu. Elle a demandé ce que c'était, et il a brièvement répondu que c'était du tissu pour la fille d'une cousine du village qui avait ouvert un magasin en France. Ils avaient encore de la place, donc il rendait service. Elle a tiqué. Du tissu pas transporté en rouleaux, c'était pas habituel. Et puis dans l'agitation des préparatifs du départ, elle s'est dit que c'étaient peut-être des robes, d'autres types d'articles, et elle est passée à autre chose. Du tissu... Elle fait le rapprochement maintenant. Y a jamais eu de tissu.

Ces sacs de sport. C'est la raison de leurs emmerdes. Pourquoi il a chargé pour quelqu'un d'autre ? Farid a une intuition. Est-ce qu'il s'est remis à jouer ? Il surprend Yousra, mais a vu juste. Elle baisse la tête. Elle croit, oui. Elle a trouvé des tickets de la Française des jeux pliés, avec leurs inscriptions et leur bandes rouge. Elle a senti l'haleine de bière quand il est rentré un peu tard, de plus en plus en souvent ces derniers mois. Farid entrevoit l'explication. Ce fils de pute rejoue. S'est remis à jouer. Mais où ? On l'a plus vu au PMU du quartier. S'il découvre où l'autre a repris des habitudes, il aura déjà une indication, il pourra procéder par élimination. Il sait précisément où traînent la plupart des grossistes de sa ville. Il allait où faire ses tickets, tu sais ? Elle secoue la tête. T'es sûre, il t'a pas dit ? Elle s'efforce de se souvenir. Le revoit qui pousse la porte d'entrée de l'appartement, dans son treillis et sa veste d'agent de sécurité. Elle voit pas où. Elle connaît pas les noms. Elle le dit à Farid et Riad qui attendent devant elle. Il a dit, je me suis arrêté au café pas longtemps. Il a dit le café, le bar. Ça les aide pas. Lequel ? Farid s'agace. Le Narval, le Khedive, chez Joao ? Riad vient en aide à Farid. Y a des dizaines de café, ils les énumèrent en espérant que ça fera tilt. Ils sont presque à sec quand Riad lâche sur un ton défaitiste : le

Balto ? Yousra tourne la tête, ce nom la fait réagir. C'est un bar le Balto ? J'ai entendu au téléphone mon mari dire le Balto.

Au Balto... ça laisse du choix putain. Que des crapules là-bas. Il peut avoir fait affaire avec un gamin de seize ans. Ou il a pu ouvrir sa gueule après quelques demis, ce clochard. Aller dire à qui veut l'entendre que c'était un bonhomme, qu'il avait pas peur de passer du machin. Et va savoir qui l'a approché. Farid a en tête quelques habitués du Balto. Untel, un ancien, il aurait pas fait charger sur le toit. L'autre jeune, là, qui part avec de voitures de location, cet imbécile. Tout le monde sait que les condés posent des boîtiers sur les locations. Et ça fait le beau, je m'en bats les couilles de rentrer au placard. Un débile de plus bientôt en prison à jouer à Fifa. C'est peut-être lui les sacs de sport, et il est peut-être déjà au *hebs*. Ou en garde à vue. Faut se renseigner sur place. Farid a besoin d'une paire d'yeux et d'oreilles en France, qui traîneront au Balto. Peut-être qu'un type attend des nouvelles de Hassan. Peut-être qu'il s'est fait lever dans cette histoire. C'est le genre de nouvelles qui se répand vite dans les lieux où se croisent les professionnels du marché.

La douane a dit à Yousra de repasser le lendemain. Il va falloir aussi occuper le reste de la journée, avec les gosses qui vont pas tarder à se réveiller. Il faut qu'elle prévienne sa famille d'Almería, qu'elle leur dise d'attendre. Farid a encore besoin d'elle. Questions pratiques : il va leur falloir un matelas pour la nuit. Les enfants émergent de la sieste. Farid se prend à éprouver de la compassion pour les deux rejetons de l'imprudent. Aller à la plage leur changera les idées. Le petit kiffe le foot, on va lui trouver un ballon. Ça te dit d'aller à la plage, Rayane. Encore ensommeillé, l'enfant approuve vivement de la tête sans ouvrir la bouche. Ils sont à quelques centaines de mètres de la *playa de la Misericordia*. Ils embarquent les deux derniers draps de bain propres qui traînent dans le placard de la chambre. Farid et Riad passent un short pendant que Yousra fait enfiler leurs baskets aux enfants.

En chemin, ils trouvent un ballon en plastique dans un bazar. Le petit en choisit un rouge. Un ballon genre Corner qui ramène Farid, Riad et Mounir en enfance. Vous vous souvenez combien on en a éclaté, plaisante Riad. Ou envoyé sur le toit de l'école, commente Mounir. Si je me souviens... J'allais vous les chercher ! Ils en rigolent brièvement, l'évocation de l'insouciance passée est vite chassée par la situation pesante.

Les larges feuilles des palmiers de la promenade qui borde la plage oscillent doucement sous l'effet de l'air chaud qui souffle depuis le sud au large. La haute cheminée en briques de l'ancienne fonderie de plomb capte l'attention des enfants. Farid tente de mobiliser ses souvenirs. Une ancienne fonderie de métal, croit-il se souvenir. Ça l'avait frappé lui aussi la première fois, il avait demandé une explication à un vieux assis sur un banc. Farid est du genre curieux et sociable, il aime bien questionner et en savoir plus sur ce qui l'entoure. À pied ou en voiture, il préfère demander son chemin aux passants plutôt que de sortir un plan ou un de ces GPS auxquels il comprend rien. Avant, ici, y a longtemps, y a plus de cinquante ans, on faisait fondre du métal. Et pour ça, il fallait faire des gros gros feux. Il explique aux enfants avec de grands gestes. Et le feu ça fait de la fumée, qui sortait de la cheminée. Aaaah. Et pourquoi on fait fondre du métal? Pour faire plein de choses: des machines, des voitures... Des Peugeot J5... Putain.

La plage est clairsemée. Ils s'installent à quelques mètres de l'eau. S'il était d'humeur, il irait se baigner. Souvent il est venu ici au réveil. Il a l'impression que l'eau fraîche lui met un coup de fouet dès le matin. Les enfants ont la même idée. Leur mère refuse immédiatement, ils n'ont pas leurs maillots de bain. Ils sont seulement autorisés à se tremper les pieds. Yousra doit rapidement ordonner à son fils de ne pas éclabousser sa sœur. On se fait des passes, propose Riad au petit en lui adressant déjà un plat du pied. Toujours soucieux, Farid les regarde. Le gamin fait des petits tas de sables et une ligne en guise de but. La petite s'intéresse aux coquillages que le ressac amène à ses pieds. Elle fait quelques pas en arrière quand une petite vague la surprend et que l'eau monte à hauteur de ses genoux. De temps à autre, elle rapporte une poignée de coquillages à sa mère, qui tente de s'enthousiasmer avec elle malgré son chagrin. Elle a l'air aimante et prévenante, observe Farid. Il est certain que Stéphanie le serait tout autant. Il se voit bien en train de faire des passes à un fils sur la plage, laisser passer ses tirs et le laisser croire qu'il est un champion comme le fait en ce moment même Riad avec le petit. T'auras bientôt quarante ans quand-même, tu seras pas toujours en état de jouer au foot. Jusque-là, il n'a jamais réellement éprouvé de désirs de paternité et il s'étonne de tirer des plans sur la comète dans ce contexte.

Il en avait presque oublié les affaires courantes. Appeler Youssef. Il sort son téléphone. Il peut pas demander à Aziz en pleine lune de miel. Faut que tu me rendes un service. Il lui demande d'aller au Balto, de prendre des infos discrètement. Est-ce que quelqu'un a demandé après Hassan ? Est-ce que quelqu'un se serait fait lever ces jours-ci ? Son frère a pas l'air enchanté. Il promet d'aller voir quand il n'aura plus ses enfants sur les bras. Après une jeunesse de tête brûlée, Youssef s'est calmé. Dans le genre impulsif, il les a tous battus à une époque. Il secouait les mecs du quartier pour un bout de shit, ou gratuitement parfois. On l'évitait. Il s'est défoncé avec tout ce qu'il trouvait, ça aidait pas. Ça l'a grillé sur les terrains de foot aussi. Les mots, les mauvais gestes au premier sentiment d'injustice. C'était un putain de milieu de terrain pourtant, Farid reste persuadé qu'avec un peu plus de discipline, il aurait pu faire une carrière. Quand une embrouille de fin de soirée lui a valu quelques mois de prison, il a arrêté la boisson, les cachetons et a réussi à se calmer. Il s'est marié avec une femme pieuse, va à la mosquée, a trouvé un boulot de cariste, s'est investi dans le club de foot du quartier, et se tient à l'écart des affaires de Riad et Farid. Au mariage d'Aziz il a compris qu'il y avait une urgence. Tant qu'on lui demande seulement d'aller glaner des infos, il veut bien rendre service, même s'il y a des sales gueules qu'il espère ne pas croiser du côté du Balto.

Carte prépayée achetée en France, ça coûte cher d'appeler depuis l'Espagne. Farid consulte son crédit. Encore quelques euros, il en profite pour appeler Stéphanie. Elle est habituée à ce qu'il passe plusieurs jours sans donner de nouvelles. Mais vu la précipitation du départ... Ce serait bien de la rassurer. Elle décroche après une sonnerie. T'es à la maison, ça va? Rien à signaler de son côté à elle, le mariage s'est bien fini... Il lui dit qu'en Espagne tout se passe bien, ça va... qu'il est à la plage, qu'il doit voir un ami demain et qu'il sera rentré sous deux, trois jours au plus.

Sur le sable, à côté de Yousra perdue dans ses pensées, Mounir s'est endormi la bouche grande ouverte. La petite, assise non loin de sa mère, a devant elle une belle pile de coquillages. Leurs ombres s'étirent sur le sable à mesure que le soleil descend dans le ciel, derrière eux. Il va être temps de rentrer, il va falloir les nourrir, réfléchit Farid qui se sent tout à coup dans la position d'un chef de famille. Pour le dîner, pas question de se casser la tête, il compte acheter des pizzas.

Au bazar chinois, Farid investit dans un matelas gonflable de plage deux places et un gonfleur. Avec son souffle de fumeur, il aurait du mal à gonfler une bouée. Plus loin devant une pizzéria, Yousra insiste pour acheter plutôt des provisions à l'épicerie-boucherie halal qu'elle aperçoit. Elle préfère cuisiner, ça lui changera les idées. Personne n'y voit d'inconvénient. Farid prévient que la batterie de cuisine est sommaire. Elle fera avec. Dans l'appartement, chacun se douche, Farid en dernier, il peste quand l'eau devient froide. Ils ont vidé le ballon. Il s'essuie encore plein de savon. La Nintendo portable a chargé, les deux enfants sont concentrés sur un chien qu'ils caressent et font s'agiter à l'aide d'un stylet. Ils se tiennent tranquilles, c'est au moins ça. Yousra leur cuisine un genre d'agneau façon tajine avec des légumes. Ils le mangent à la main dans un grand plat à l'aide de morceaux de pains. On fait comme chez Nana, commente le jeune Rayane, des images de son séjour au bled encore plein la tête. Oui, oui, mais prends ce qui y a devant toi, sa mère le rabroue alors qu'il est en train de piocher du côté de Riad.

Ils sont tous exténués. Quand Yousra et les enfants vont se coucher Mounir sort une boulette de shit et roule un joint. Ils le partagent sur le balcon dans un dernier conciliabule. Ils doivent trouver où est le fourgon, réfléchir à un moyen de vérifier si leur shit y est encore et remettre la main dessus. Pas sûr que les Espagnols laissent Yousra récupérer des affaires. Farid a un contact. Un garagiste qui lui a déjà parlé des fourrières des douanes, là où ils mettent les bolides saisis. Le lendemain, Farid et Mounir iront aux infos et éventuellement en repérage des lieux. Riad, qui présente le mieux selon eux, accompagnera Yousra jusqu'aux bureaux de la douane. Mounir fume le joint qui lui est revenu jusqu'au marocco, jusqu'à se brûler les doigts. Il l'écrase alors que Riad et Farid tirent la porte vitrée coulissante et regagnent le salon. Encore ce putain de matelas à gonfler, Riad s'en occupe. Farid prend le canapé. Il n'a pas dormi depuis 36 heures, il pousse un soupir quand il éteint la lumière. Allez, bonne nuit. Malgré l'inconfort du vieux sofa en cuir et malgré les soucis, il plonge dans un sommeil lourd.

C'est pas ça la vie

Comme la veille, je me réveille une heure après Farid. Bouche un peu pâteuse. Petite gueule de bois. Je m'enfile un litre d'eau. Je prends mon téléphone, je regarde les notifications. Quelques mails du boulot qui ne me concernent pas. Un message sur Tinder. *Hola rico... Une milf andalouse m'a écrit.* Je réponds avec mes pauvres notions d'espagnol *Qué haces hoy o esta sera ?* C'est compréhensible, je pense. Je me lève, je m'étire, je me regarde pas dans le miroir, je sais que j'ai une sale tête. Le même genre de tête que celle de Farid dans le salon. Bien dormi, ouais, et toi ? Ouais. Je vais me doucher. Par la lucarne, je vois un carré de ciel bleu en me laissant masser la nuque par le jet d'eau chaude.

On boit nos expressos au café d'en bas, comme la veille. Mais on a déjà faim. Quelques minutes plus tard, on se gare à proximité du

Mercado central Atarazanas. Un joli bâtiment aux murs de briques coiffés d'une structure en verre et métal. Les portes d'entrées sont surmontées d'un vitrail qui représente la cathédrale de Malaga, des bateaux et la mer au premier plan. C'est beau pas vrai ? lance Farid toujours ravi de faire visiter les lieux qu'il affectionne. À l'intérieur des étals de légumes, jambons, fromages, poissons, fruits de mer... À quelques pas de l'entrée, une brunette s'active derrière un comptoir vitré. Elle sert des pressions, se retourne sur la plancha où cuisent des brochettes de crevettes et Saint-Jacques. Farid me donne un coup de coude. C'est là.

Hola chicos, la serveuse est toute souriante. Farid lui fait signe qu'on veut la même chose que le couple qui nous précède. Voilà ! Elle dit en français en nous servant nos bières. Je parle un peu français. Ah, c'est bien. Avec son gros chignon tiré sur sa tête, son collier de coquillages, elle fait un peu hippie chic. Elle est au four et au moulin dans son réduit, tout en enregistrant et en encaissant les commandes, elle trouve à échanger quelques mots avec nous. T'as vu, ils sont sympas ici les gens, pas comme les Catalans là, hein... À Barcelone, ils sont pas accueillants. Surtout avec les arbis. Au fil de la discussion, on échange nos prénoms et une poignée de main avec Lidia. Elle nous remet nos petites assiettes rectangulaires avec les brochettes accompagnées d'un filet de sauce au pesto et à l'ail et d'un morceau de citron. Simple et délicieux. On essaye la paella. Un régal, Farid ne manque pas de le souligner. Une autre bière, une autre portion de paella, on est repus. *Lidia, dónde hay los bares buenos… con chicas?* Farid se renseigne en prévision de la soirée. Vous pouvez essayer telle et telle rue. Farid laisse un gros pourboire à Lidia. Elle fait le tour du comptoir pour venir nous gratifier d'un *abrazo*, une accolade.

En voiture, je sors la baffle de sous le siège passager. Farid me regarde et sourit. Rim'K, on met la chanson avec Naps qui devient un peu l'hymne de nos vacances, la première chanson de la journée. On prend la route pour Marbella par la côte. On dépasse Torremolinos. Là, tu vas voir, c'est la Costa del Sol, c'est un repaire de voyous, Matthieu, t'imagines même pas. Des voyous de toute l'Europe. Des trafiquants, des braqueurs, des mecs en cavale qui se réfugient ici. On se doute pas comme ça, c'est le soleil, les vacances, la carte postale. Mais l'envers du décor, c'est digne de films. Farid a été parmi les premiers Algériens de France à se faire une place sur la costa del Sol. L'endroit était déjà un refuge pour un tas de mecs du milieu français. Des caïds avec des surnoms exotiques, d'anciens braqueurs reconvertis dans la drogue, des mecs qui louent des véhicules, des villas, d'autres qui blanchissent, toutes sortes de spécialités. Il me raconte comment les rebeus ont été mal vus d'abord, en particulier les Algériens, avec leur réputation de fous furieux, les plus *waher*, me dit Farid. Un tas de mecs voulaient pas faire affaire avec eux. Ils ont vite tiré parti de la proximité culturelle avec les Marocains, ont su négocier, se sont passés de plein d'intermédiaires et les mecs de cité se sont fait une place. Au prix de morts un peu partout. À la fin des années 1990, les assassinats se multiplient dans la région. Farid, lui, a toujours eu de bons contacts. Il a rapidement bossé sérieusement, il démontre ses compétences en matière de logistique et sait s'associer à un nombre restreint d'équipiers, mais sûrs.

On quitte provisoirement l'autoroute pour passer dans Fuengirola. Farid veut me montrer la démesure du bétonnage de la côte, les immeubles de la grosse station balnéaire. On est hors saison, il y a peu de circulation. Il pointe du doigt la longue promenade face à la Méditerranée. Y a plein de discothèques là au bas des immeubles. Et plein de dealers, de voyous qui claquent du pognon. J'ai vu des mecs laisser des milliers, des dizaines de milliers de francs à la grande époque. Des sommes énormes pour n'importe qui, mais des riens du tout quand t'es dans le métier. Des bastons aussi. Y a eu des règlements de compte pour les affaires, les trafics, mais on a retrouvé aussi des cadavres pour des histoires bidons, de drague, de mecs refoulés à l'entrée. Les portiers se méfient des clients, qui se méfient des portiers. Tu sais pas toujours qui fait quoi et qui travaille avec qui. Même si on se reconnaît souvent entre nous. Tu me mets devant des gars en boîte ou ailleurs, je peux te dire juste en les regardant qui est de la partie ou pas, avec très peu de marge d'erreur.

On reprend la route direction Marbella. Sur l'autoroute, Farid désigne les collines et les résidences environnantes. Tu vois, tout autour y a des villas louées par des trafiquants de toutes origines, des mafieux russes aux grossistes des cités françaises. Lui aussi a loué certaines de ces villas, dans des endroits discrets non loin de la côte ou plus en retrait. Des baraques à plusieurs milliers d'euros la semaine, avec des garages qui peuvent accueillir une douzaine de véhicules.

Rim'K squatte les enceintes. *J'ai planqué mes billets, planqué la peu-fra, je vais être en galère ou peut-être au placard, donc j'allume un gros spliff, nocif*. Moi, j'en roulerais bien hein, mais il reste tout juste de quoi faire la soirée, donc je m'abstiens. *Cellophané* et quelques morceaux plus tard, on passe la fameuse arche surmontée des lettres MARBELLA qui accueille les automobilistes. Même genre d'architecture qu'à Fuengirola, un peu moins d'étages peut-être.

Un créneau le long du front de mer, Farid pose la main sur la poignée de la portière pour l'ouvrir puis s'interrompt. Une petite pointe ? Seize heures au cadran de l'habitacle. Un peu tôt pour taper la C, je me dis. Naaan, tranquille, on va se poser sur la plage, pas besoin. Il hausse les épaules. T'as raison en vrai, pas besoin, on est bien, on profite. On sort de la voiture pour descendre quelques marches vers le sable à côté d'un *chiringuito* fermé, les néons verts de l'enseigne sur fond blanc sont éteints.

Je peux pas aller au bord de la mer par ce temps sans me baigner. Je propose à Farid. Pas motivé. J'ai pas pris de caleçon de bain, j'y vais en boxer. L'eau est fraîche en ce mois d'octobre. Alors, me charrie Farid, t'hésites. J'entre doucement, je ménage mes parties. Je me mets à haleter quand je me fais surprendre par une petite vague qui me monte à la taille et puis je me jette. Je nage quelques brasses vers le large, j'aperçois un cargo. Je me retourne et je fais la planche. Farid fume une clope sur la plage. Je reste là à charger mes poumons d'air pour flotter, en expirant tout doucement et je ferme les yeux, je profite des rayons du soleil. Plus que demain. Le séjour passe trop vite. Après-demain on rentre. Retour à la réalité. Chercher un logement, gratter plus de contrats. M'occuper de ma fille. Je mets la tête sous l'eau, me laisse porter à plat ventre, jusqu'au bord.

Farid propose qu'on aille boire une bière. On s'installe à la terrasse d'un bar du *Paseo Maritimo*. Alors tu vas faire quoi en rentrant ? Farid m'a vu songeur, on dirait qu'il a lu dans mes pensées. Je reste vague. J'hésite à lui dévoiler mon projet. Si on coopérait sur un livre inspiré de ton vécu ? Je renonce. Ce soir plutôt, quand on sera posé à l'appartement.

À mon tour de surprendre Farid perdu dans ses pensées, le visage fermé. Et toi, t'as des soucis ? Il me fait répéter. Non, non, ça va... Juste un truc à faire en rentrant, rien d'important. Il se remet à évoquer ses souvenirs ici, le défilé des voitures de luxe, les Bentley et autres Lamborghini, devant les grands hôtels, les discothèques, les restaurants. Lui il aussi, il a claqué du pognon sans compter, mais plus discrètement, il me précise. Des virées d'hôtels en hôtels sur la côte avec Stéphanie, des bons restos, des bonnes bouteilles, des excursions en bateau. Et des voyages un peu partout. Il me redit son goût pour les découvertes des cultures, des ambiances, des monuments, en passant par la cuisine. Quand je vois certains, ils veulent pas sortir de leur quartier, ils sont perdus en dehors. Ça rime à quoi sérieux ? C'est pas ça la vie. Faut ouvrir les yeux, être curieux. J'acquiesce sur le mode de l'évidence.

La bière passe mal. Farid regarde l'heure. On devait pousser jusqu'à Gibraltar, mais on doit se rendre à l'évidence, on a ni le temps ni le courage. C'est dommage hein… Si on se dépêche. Je tempère Farid, c'est pas grave, on peut pas tout faire, c'est bien déjà, on a vu plein de choses. On remet ça une autre fois. Ouais, t'as raison, on viendra directement à Marbella, on fera mon programme cette fois, d'hôtels en hôtels, pas tes histoires d'ukrainiens. Je reconnais que j'aurais pu trouver mieux que cet appartement défraîchi, et on rigole. Pareil, on aura pas le temps d'aller à Tanger. Là-bas, Farid a un de ses amis, grand trafiquant, un millionnaire, avec des réseaux jusque dans la famille royale marocaine. Pour mes notes, ça aurait été mortel, je songe. Une autre fois aussi. D'autant que le lendemain, il voudrait aller prospecter dans le quartier des grossistes chinois. Il envisage d'investir dans un commerce. Y a comme un air de projet de préretraite.

Avant de remonter à l'appartement, on passe chez le Pakistanais prendre des canettes de Cruzcampo. On reste tranquille hein ce soir, suggère Farid. Il dépose quand même deux lignes de coke sur la table du salon. Ça va pas m'aider à dormir je me dis, mais je sniffe la mienne, et elle me met un coup de fouet. J'ouvre ma canette et je sors de quoi rouler un joint. On allume la télé. On se cale sur une des chaînes de sport où des commentateurs comparent les performances de Messi et Ronaldo. Farid passe son coup de fil à sa femme et ses enfants. Comme les jours précédents. Tout va bien, ça tue, ils ont été sages à l'école ? Qu'est-ce qu'on va bouffer ? on finit par se demander. J'ai la solution : je montre à Farid l'application Uber Eats sur mon smartphone et on commande deux pizzas.

Quand on en a terminé, Farid ramasse les cartons, va pour les mettre à la poubelle dans la cuisine et revient avec deux canettes. Re bière, re coke, et re joint. On est posé, on a le temps, c'est le moment. J'entame la discussion au sujet d'un éventuel livre. Toutes les histoires que tu me racontes, tu sais, c'est digne de films ou de romans. C'est des choses peu connues. Je t'ai déjà dit que j'écrivais... Ouais, il me voit venir, et il grimace déjà. J'ai pas le temps de prévenir ses réticences. Non Matthieu, tu sais moi je suis pas du genre à me montrer, à m'exposer, j'ai toujours préféré la discrétion, j'ai pas besoin d'aller raconter ma vie dans un livre... Non, mais attends, on travaillerait sur un roman, avec un personnage hein... inspiré de ton expérience, mais ça serait pas toi. Et ça serait sur un épisode en particulier tu vois, pas une biographie... Je pensais au coup du fourgon à la douane, broder une intrigue autour. Je lui dis que ce genre de littérature n'existe pas trop en France, qu'il y a un créneau, peut-être de l'argent à se faire même, des droits d'auteur. Tentatives maladroites, l'argument financier vaut rien, il m'a pas attendu pour amasser des euros. Et un livre, ça profiterait surtout à moi... Rien n'y fait. Non, je comprends ce que tu me dis... Mais non, c'est pas pour moi. Dans mon secteur, c'est pas bon la publicité tu vois... Je comprends. On est tout speed tous les deux sous l'effet de la C. Il reprend sur un débit rapide. Je peux te raconter des trucs comme ça, comme on fait là depuis trois jours, des souvenirs comme ça, ouais. Après si tu veux faire un livre, tu fais ce que tu veux, je peux pas t'empêcher d'écrire. Mais, Matthieu... Je lui laisse pas le temps de me dire de mentionner son nom nulle part. Bien sûr mon pote, tu peux me faire confiance... Je vais pas mettre ton nom et ton adresse. On se regarde d'un air entendu. Donc, je peux te raconter des trucs comme ça, des souvenirs quand on est là ou là, mais un livre non, désolé, en baissant le ton de façon à mettre fin à la discussion. Et puis ça lui rappelle que j'ai travaillé avec Yacine déjà sur un livre. Ça en est où ? Il me demande. Et qu'est-ce qu'il t'a raconté celui-là ? Il me questionne sur un ton inquisiteur, avec un peu d'inquiétude quant à la substance, et l'étonnement. Comme si ce galérien de Yacine pouvait bien avoir des histoires intéressantes à raconter, à moins de raconter celle des autres... Je lui explique pour les histoires de jeunesses, de petits délits, de boulot, de précarité... mais racontées de manière un peu drôle, avec le regard de Yacine. Ouais, ok... pourquoi pas, a l'air de dire Farid, surtout dubitatif quant à l'intérêt du projet.

Celui-là, aussi... Il pouvait pas rester tranquille avec sa femme. Je lui ai payé son mariage *zebi*. Mais nan, les soirées, la C, les bâtardes qui le prennent pour un pigeon, les mecs qui viennent me voir parce qu'il paye pas son shit. En l'entendant, je me rappelle qu'il y a presque un rapport de seigneur à valet entre eux. Un jour, Yacine est en grâce et divertit Farid, le lendemain, Farid est fatigué des péripéties de son ami et ne veut plus entendre parler de lui. De son côté, Yacine le brosse dans le sens du poil, le flatte, lui rend les services qui l'arrangent, essaie de gratter et de profiter de quelques largesses, quémande des miettes de coke. Et dans son dos, essaie toujours de gratter un peu plus, racle les pains de coke entreposés chez lui pas trop longtemps, essaie de les tailler à l'identique pour dissimuler ses ponctions, débine la pingrerie de son ami. Au quartier, il est en dette de dix ou vingt euros de shit auprès de différents vendeurs qui ne peuvent pas le secouer parce que Farid a plusieurs fois exprimé une interdiction catégorique. Yacine c'est un ancien, le premier qui le touche, je l'encule. Les pièces de théâtre au collège me saoulaient en général… Mais je garde un vague souvenir des *Fourberies de Scapin.* Et Yacine me rappelle Scapin et ses fourberies. Ou Christian Clavier dans *Les Visiteurs*. C'est un peu le gueux de Farid, mi-déférent mi-récalcitrant. Ça me fait rire intérieurement même si je trouve ça bâtard envers Yacine que Farid et moi apprécions malgré tout.

J'accuse le coup pour mes projets contrariés. Pas de livre alors. Ou faudra que je fasse avec la matière que j'ai sous la main. J'ai intérêt à prendre plus de notes pour ne pas oublier. Maintenant, plus question de dégainer le dictaphone. Je gamberge, agité sous l'effet de la coke. Je vois une notification sur mon téléphone. Tinder. La milf, tiens. La perspective d'un rencard et d'une éventuelle partie de jambes en l'air me réconforte. *Hola qué tal.* Quelques messages plus tard, je passe sur WhatsApp. Alors, ça dit quoi ? demande Farid. Il se doute de ce qui se passe sur l'écran de mon smartphone. Une meuf qui est avec des copines. Elle m'appelle en visio sur WhatsApp. *Hola, hola.* Elle est avec deux amies. L'une un peu grosse avec de jolis traits, l'autre un peu moche, mais on a tous les deux fait pire. Je leur montre *mi amigo*, on fait des coucous. Un peu d'anglais, un peu d'espagnol. Qu'est-ce qu'elle dit ? Elle propose qu'on passe boire un verre, je traduis à Farid. Ah ouais ? Il a pas l'air emballé. Je refais des coucous aux meufs, je demande qu'elles m'envoient l'adresse et on arrive. Je raccroche. Tu veux y aller toi ? Farid a vraiment pas l'air d'avoir envie de bouger. Ouais, je lui dis, on va voir, on boit un verre, si c'est vraiment claqué qu'y a pas moyen ou qu'elles sont vraiment trop dégueulasses, on rentre, on s'en fout. Je vois Farid réticent… Il est pas venu pour ça, il préfère rester tranquille, et en plus elles parlent pas français, il va rien comprendre. On s'en fout, je lui dis. Mais il aime pas être dans ce genre de situation. Je suis surpris, lui qui m'a souvent chauffé pour trouver des gadjis. Vas-y toi si tu veux. J'hésite. Mais je préférerais y aller avec lui, qu'il nous mette un petit rail avant de monter. Ça saoule cette drogue… Un rail appelle l'autre. Quand tu commences la soirée c'est parti. Ça m'énerve d'être là à y penser et à espérer qu'il en remette un sur la table. J'aime pas dépendre des autres, mais j'ai surtout pas envie de dépendre de la substance. Je me suis même dit que Farid était généreux au début pour que je lui en achète. Il m'avait explicitement dit de lui demander si par hasard j'en voulais. Ce que je n'ai jamais fait, je me suis contenté de consommer avec lui. Et parfois j'ai cotisé avec Yacine pour un demi acheté au point de vente de la cité.

Je peux bien me passer de sexe, je ferais mieux de me coucher tôt et de prendre un paquet de notes plutôt que d'aller boire, rentrer saoul et oublier la moitié de ce que Farid ma raconté. Et par orgueil, ça m'emmerde de renvoyer l'image d'un queutard à l'affût qui peut pas se retenir. Donc, je finis par faire le mec détaché. Non, t'as raison, autant rester au calme, être en forme pour le dernier jour. J'envoie un message sur WhatsApp pour dire qu'on se dégonfle. Vous n'êtes que des «*capullos*», elle dit l'autre. Ben ouais, je sais. Je repense aux images du visio... C'est dommage elles avaient l'air open ou affamées ou les deux pour nous inviter comme ça. On aurait pu s'amuser, tant pis.

Farid propose une dernière trace. Je roule le dernier joint. Je lui demande s'il sait où trouver un dix euros le lendemain. Oui, oui, il y a l'endroit où des blédards vendent des cigarettes, ils doivent bien avoir aussi du shit. On fume le dernier, et on décide d'aller se coucher. Dans la chambre, je prends mon carnet de note et mon stylo. Un peu dépité, je couche des abréviations sur le papier. Des lettres, des chiffres, je tâche de reconstituer la journée, les thèmes de discussions, des détails. Et me reviennent les deux contrariétés de la soirée. Pas de livre, pas de meufs. Et moi qui pose pas assez de questions. Je vois les angles morts à mesure que je prends des notes. Pourquoi j'ai pas demandé ci, pourquoi j'ai pas osé demander ça. J'ai tellement pas envie de faire le narvalo curieux ou béat d'admiration, insatiable, avide de récits qui le relance sans arrêts... Je pense que Farid apprécie ma compagnie aussi pour ça. Parce que je suis ni admiratif ni réprobateur, j'écoute, je juge pas et je cherche pas le croustillant. Je me prends pas pour une petite frappe à son contact. Je reste égal à moi-même. Placide, comme m'avait dit une ex. J'avais dû prendre le dictionnaire pour vérifier le sens du terme. Rien d'insultant, elle avait pas tort. N'empêche, là, je le suis un peu trop. S'il veut pas d'une collaboration, il me faut encore du biscuit. J'écris encore.

À force de voir mon téléphone s'allumer à intervalles réguliers pour me signaler un message, je l'attrape. Tiens, Tinder maintenant. Mais qu'est-ce que j'ai avec les meufs, je me dis. Ça t'a pas suffi tes conneries avec ton ex. T'as un problème, des problèmes de femmes. C'est quoi ce besoin de séduire, de niquer. Grande, petite, grosse, noire ou blanche, tu t'en fous. Elles sont des objets de désir. Des objets. C'est pas normal. Oui mais elle t'a frustré sexuellement. C'est ton excuse ça. C'est vrai, elle avait un problème avec sa sexualité. C'est vrai, c'était compliqué. Souvent, elle arrêtait net vos rapports. Par peur d'avoir mal. Même pas parce qu'elle avait mal... Ou de perdre le contrôle. Tu sais pas, t'as vite arrêté de chercher. Mais si tu l'aimais, tu aurais dû être patient, trouver avec elle des moyens que ça se passe mieux, dépasser tout ça. Plutôt que de te désintéresser, la délaisser et la blesser. Plutôt que d'aller faire jouir d'autres femmes pour rassurer ton petit ego, pour satisfaire tes instincts pathétiques. Tu y as laissé des tunes en plus. Y avait les meufs d'Adopte Un Mec, Tinder. Et les putes.

Ça te rapprochait de tes potes des quartiers populaires, ça aussi. Petite virée au bordel, après la frontière. Avec tes amis étudiants, payer une meuf pour niquer c'était même pas dicible, c'était infamant. Tout de suite les poncifs sur la traite, le proxénétisme, la domination, la marchandisation du corps. Toi, t'as rencontré quelques folles de cul, ça arrive. Séduire des putes. C'est devenu une espèce d'objectif inavoué. Ton côté joueur de flipper peut-être. Gagner l'extraball. Mieux : faire claquer, gagner un replay. Et t'as reperé de bons profils. « Ma bibite », elle t'appelait la petite gabonaise, ça t'excitait. Kelia sur internet, Yvette sur le passeport. La cerise sur le gâteau, elle aimait te voir niquer d'autres meufs, elle payait même l'entrée au sauna, grâce à son régulier, et les cinq mille balles qu'il lâchait par mois. Sandra, l'indienne cocaïnomane et femme fontaine. Ça devait être quarante euros le quart d'heure, t'avais négocié sur le tchat en pleine nuit. Ça a duré quarante-huit heures pendant que ton ex était chez ses parents. Elle t'a rendu les quarante euros pour que t'ailles lui chercher de la C. T'es allé voir un jeune de la cité que tu connaissais. Il t'a fait le demi à trente et t'a mis de la frappe. Écailles de poissons, elle a dit l'autre. T'as dit si tu veux, tu t'en foutais. Mais t'as tapé avec elle et niqué, puis tapé, puis niqué. Et elle t'a encore filé des tunes pour des grammes de C. Pendant quelques semaines, tu lui as loué des Airbnb, t'allais récupérer les clés, la poudre, t'allais niquer. Tu faisais des trucs qui tombaient sous le coup de la loi sur le proxénétisme et tu prenais même pas de lovés. Juste pour baiser à l'œil. T'as baisé encore et encore, elle aspergeait les draps, vous mettiez des serviettes. T'as dû lui expliquer ce qui te semblait le b.a.-ba de la prostitution. La plupart des clients étaient des mecs mariés ou en couple. Ça servait à rien de rester éveillée toute la nuit à sniffer et à espérer faire venir des mythos qui traînent sur les tchats juste pour se branler. Tu vas avoir que des faux plans et si t'es pas réveillée avant midi, t'as rien compris. Midi-quinze heures c'est le premier créneau pour les mecs mariés. Elle comprenait rien ou elle aimait trop passer ses nuits à taper, donc elle vivotait, faisait pas des tonnes de clients. T'as arrêté de la briefer. Elle aimait bien partouzer, donc tu t'es fait payer encore quelques lignes et sorties au sauna, et terminé.

T'es aussi allé voir une certaine Hafida à l'hôtel B&B. Merde, vous habitiez la même cité, vous vous croisiez sur la coursive. C'est devenu votre petit secret. Elle voulait aller en week-end, elle avait pas de voiture. T'avais prétendu bosser et laissé ton ex partir seule dans sa famille. Elle a tout payé et vous vous êtes envoyés en l'air. C'était bien, mais elle t'a charrié en disant que t'étais un escroc du cul. T'as rigolé. Placide. La petite burkinabé Yoanna, présentée par Kelia/Yvette, tu lui as fait ses photos pour son annonce, tu l'as parfois emmenée voir un client, quand elle s'ennuyait, elle t'appelait, t'en profitais. Elle avait pas de papiers, elle espérait que tu quitterais ta meuf et que tu l'épouserais. Tu lui as laissé croire un temps. Et puis y a la liste bien plus longue des filles « normales », « non vénales », que t'as rencontrées sur Adopte Un Mec. Y avait ta photo, une copine de ton ex aurait pu tomber dessus. Comment tu t'es jamais fait choper ? À peine croyable. Ça a duré pendant des années, quand ton ex allait chez ses parents et que tu travaillais le week-end, ou quand elle travaillait en semaine pendant que tu chômais. Tu racontais que tu écrivais. Tu finissais par lui faire lire des textes pour ne pas éveiller de doutes sur le programme de tes journées. Et c'était la première à t'encourager, elle disait que tu avais un talent. Elle lisait tout, elle était enthousiaste. Et toi, au lieu de prendre soin d'elle, au lieu de faire face à des problèmes identifiés depuis longtemps, tu t'es enfoncé. Quelle honte. Elle avait cru déceler un côté sombre chez toi. Elle te trouvait taiseux dès lors qu'on abordait tes sentiments, ce que tu ressentais vraiment, comment tu voyais le futur. Elle disait que t'avais un problème avec l'engagement. Tu rechignais à te confronter à ton histoire familiale aussi. Tromperies mutuelles, divorce, la relation de tes parents, elle te conseillait de voir un psy, de parler, de comprendre. Tu la contredisais pas, mais tu voyais pas l'intérêt de faire comme elle : d'aller donner de l'argent à quelqu'un pour lui raconter des trucs intimes. Pourtant tu savais qu'il y avait à raconter sur ton Œdipe, tes rêves et toutes ces conneries. Mais ça restait vraiment un truc de bourgeois à tes yeux. Tu préférais donner un peu d'argent une fois de temps en temps pour te vider les couilles, ou inviter d'autres femmes au restaurant, les baratiner. C'était ta thérapie à toi, tu te disais. Tu as séduit, menti, tu en as gardé certaines qui ne demandaient pas beaucoup plus que du sexe, tu as disparu quand elles voulaient « une relation sérieuse » ou qu'elles commençaient à se demander si tu n'étais pas en couple. Et puis y a eu la mère de ta fille. C'est comme si elle t'avait puni. Enceinte, j'avorte pas.

Je me tourne dans le lit. Je suis encore à m'accabler, je me dis. C'est trop tard, le mal est fait. Faut que tu te redresses, faut que tu te responsabilises. T'as plus besoin de tout ça. Tu dois canaliser ta libido. Tu sais que ça vient de là. Parfois tu t'es mis à écrire, une semaine, deux à la suite, tu t'es surpris à même pas penser à te branler. La même pulsion initiale peut te faire créer, plutôt que procréer. Une prof t'a dit que t'avais de l'or dans les mains. Utilise cette énergie pour du concret. Ce truc d'écriture. Je vais me le dire combien de temps. Je suis las, je suis dépité. Et c'est encore plus débile d'être là à pleurnicher avec mes remords quand, pendant des années, j'ai merdé sans scrupules. Ça passera avec le temps. Pense à autre chose. À l'histoire de Farid par exemple.

Repérage

Malgré la fatigue accumulée, il n'a pas bien dormi. Réveillé trop tôt le matin par les enfants. Yousra a essayé de les faire taire en vain. Ces bouches à nourrir, ça le saoule, Farid. Mais il s'extirpe du canapé en cuir usé pour aller se doucher. Une fois habillé, il vérifie que Youssef a pas appelé. Rien. Il est encore tôt. Il est peut-être même pas allé au Balto la veille. Passer voir Diego en attendant. Il se remet les idées en ordre sous l'eau. Diego, l'hispano-marocain. Il sait pas si c'est son vrai prénom, avec sa tête à s'appeler Brahim, ou si c'est parce qu'il est petit et gros, poivre et sel, comme Maradona. Ou parce qu'il aime la coke, autre hypothèse. Il s'en fout, tout ce qui l'intéresse, c'est des infos sur les fourrières de la douane et de la police. Savoir où ils mettent les véhicules saisis. Riad et Mounir sont en caleçon, affairés à dégonfler le matelas en s'asseyant dessus, appuyant aussi avec leurs pieds.

Yousra et les enfants sortent bientôt timidement de la chambre. La petite a ouvert la porte et les regarde immobile sur le pas, une mèche de cheveux cachant une partie de son visage. Ça va ? T'as bien dormi ? Elle acquiesce sans un mot. Farid insiste pas.

Mounir et Farid dans le canapé, Riad sur un tabouret, ils font un point. Ça te gêne pas de les emmener, elle et les petits, Mounir il a déjà donné. Riad n'y voit pas d'inconvénient. Farid lui suggère de changer de tenue, d'enlever le survêtement trop connoté quartiers français, au profit d'une association jeans tee-shirt qui fasse davantage cousin du bled installé en Andalousie pour bosser dans les serres. Traînez-pas, dès qu'ils sont lavés, vous y allez. Mounir s'assure que Riad est prêt à partir. Mounir petit et carré, Farid grand et sec, ils ont un côté Laurel et Hardy. Mais là, ils sont pas enclins à la rigolade.

On va voir Diego, mais on en dit le moins possible. Il parle trop celui-là. Farid connaît la valeur des informations dans le métier. Entre les concurrents et les flics, y a trop d'oreilles mal intentionnées dans le coin. Ils prennent place dans la Safrane. Farid quitte l'avenue pour prendre la direction opposée à la mer, vers les reliefs de l'arrière-pays. Mounir s'enquiert de Youssef. Pas de nouvelles. En un quart d'heure, le décor est moins urbanisé. À l'écart d'une petite bourgade, en plein soleil, au bout d'un chemin à peine carrossable, il trouve le garage-casse de Diego. Ils sont accueillis par les aboiements d'un gros cane corso au bout de sa chaîne. Ils ne trouvent qu'un Marocain dans le local qui sert à la fois d'atelier et d'accueil. Diego est un artisan doté d'un savoir-faire solide. Il sait arranger des véhicules au goût de sa clientèle particulière. Aménager des caches, modifier des numéros de série, changer des voitures de père de famille en bolides. Farid a régulièrement eu recours à ses services. Il aurait pas à s'en plaindre, si l'autre était pas aussi fier de ses talents et bavard, à montrer ses prestations pour d'autres clients qui préféreraient certainement davantage de discrétion.

Le Marocain n'attend même pas d'être sollicité, il disparaît dans la remise, appelle Diego, réitère un peu plus loin vers la casse, à l'extérieur. Diego apparaît dans un bleu de travail maculé de cambouis. « Mon ami », il accueille Farid en français.

Dans le même temps, Riad a magné Yousra et ses gosses. Dans la rue, il cherche la Golf que Mounir a garée. Il appuie sur l'ouverture à distance et repère des warnings qui s'allument. Les deux adultes font monter les enfants à l'arrière. Y a pas de rehausseur, fait remarquer Rayane. Pour une fois, ça va être comme les grands, mets ta ceinture intervient Riad. Il espère que les gamins vont se tenir tranquille, il est pas d'humeur à jouer les pères de famille. Ils n'ont pas long à rouler jusqu'aux locaux de la douane, avenue de Manuel de Augustin de Herrera. Un bâtiment austère, couleur ocre et rouge. La façade est endommagée par endroit, des carrés d'enduit manquent et laissent apparaître la structure de briques et de parpaings. Les barreaux serrés aux fenêtres du rez-de-chaussée et aux soupiraux au ras du trottoir rendent l'endroit encore moins accueillant.

Ils montent les marches surmontées du drapeau espagnol et de l'inscription Aduana. L'accueil n'est pas franchement cordial. La fonctionnaire penchée sur un ordinateur à l'accueil les ignore pendant de longues minutes. Elle finit par s'intéresser à Yousra qui lui fournit son passeport et la convocation. En retour, la douanière lui adresse un signe de la tête pour lui signifier d'aller s'asseoir. Riad imagine qu'ils vont prendre leur temps. Heureusement que les petits ont la Nintendo. Pourvu que la batterie tienne. Pourvu qu'ils ne se disputent pas la console portable. Il fait baisser le son à Rayane, la musique répétitive et les bruitages du jeu commencent à lui taper sur les nerfs.

En même temps, chez Diego, Farid apprend qu'il y a deux fourrières et qu'il est impossible d'en faire sortir un véhicule, les flics s'arrangent pour les stocker hors d'usage, ils enlèvent des pièces. Et les voitures sont déposées les unes à la suite des autres, bloquées. Même avec les clés, le plein et le contact, impossible de sortir, il te faudrait une grue, elles sont même empilées parfois. Ah ouais, OK. Bien gardé ? Non, quelques agents. Des vieux près de la retraite en général. Personne traîne là-bas. Les propriétaires des saisies et leurs complices dorment souvent en prison.

Diego essaie d'en savoir plus sur les projets de Farid en biaisant... J'ai un contact là-bas, il peut t'aider, qu'est-ce qu'il te faut ? Rien de spécial, je me renseigne mais c'est pas pour moi. Farid sait pertinemment que le moindre service se paye, en liquide ou en produit. Hors de question de céder une partie de ce qu'il n'est déjà pas sûr de récupérer.

Il te faut autre chose, mon ami ? Des cagoules ? Farid décline comme si l'idée était saugrenue, pourtant il n'a pas attendu Diego pour y penser. Il risque de devoir braquer les gardes pour récupérer son bien. Les ligoter même pour avoir le temps de fuir. Des cagoules, et du scotch... Ils n'en sont pas encore là, et il ne demandera certainement pas à Diego pour ce type de matériel. Si les douaniers acceptent que Yousra aille récupérer des affaires, ils auront l'adresse de la fourrière et cette visite n'aura pas été utile. Voire, contre-productive. Ce bavard de Diego.

Ils quittent la casse. Après avoir jeté une cigarette en remontant dans la voiture, Farid en rallume une dès qu'il est au volant. Il ouvre la vitre pour chasser la fumée de l'habitacle. L'air est chaud dehors alors que le soleil monte vers son zénith, les gouttes de sueur perlent à son front et dans son cou. Il baisse le pare-soleil pour se donner un peu d'ombre. Si on refuse à Yousra l'adresse du fourgon, ils auront au moins ces deux adresses. Farid cogite encore sur la route. Mounir le laisse à ses pensées. Après une dizaine de minutes, il allume la radio, cherche un peu de musique sur la bande FM. Il tombe sur les infos de RFI, des résultats de Ligue 1 en fin de journal. Défaite surprise de l'Olympique lyonnais à domicile. Farid tend l'oreille un instant, il doit y avoir une bonne tripotée de parieurs écœurés, mais il oublie vite les résultats, trop concentré sur son match à l'extérieur à lui.

Ils regagnent les avenues de Malaga, puis l'appartement. À peine le temps de s'asseoir et Youssef appelle. Farid avait presque oublié la mission dont il a chargé son frère. Il a des nouvelles qui vont l'intéresser. Un ancien du club a repris le Balto depuis peu, ils ont de la chance. Et il a confirmé à Youssef que Hassan avait ses habitudes dans le troquet depuis quelques mois. Il s'est remis à jouer. Et de plus en plus gros, précise Youssef. Farid serre le poing. Y a autre chose. On l'a vu régulièrement discuter avec Tarik, un jeune dalleux. Pas des discussions sur la pluie, le beau temps ou les courses hippiques. Plutôt confidentielles, à l'écart, dans un coin du café. Et la rumeur dit que Tarik s'est fait lever il y a quelques jours. Le jour de la saisie précisément. Ça fait de moins en moins de doutes : Hassan et Tarik ont dû s'entendre. Il enrage contre Hassan, en même temps qu'il ressent un certain soulagement. Logiquement, les flics s'intéressent à Tarik, pas à lui. Il s'en veut, il aurait pas dû relâcher sa vigilance sur Hassan. Il connaît les joueurs et leur vice. Il en est un lui-même. Il a déjà laissé de grosses sommes au casino. Ça lui a valu l'intérêt des flics. D'où sortez-vous de tels montants ? Il était encore jeune, on l'avait prévenu que les établissements collaboraient étroitement avec la police, il en avait pas tenu compte, obsédé par l'idée de « se refaire ». Hassan aussi a dû vouloir se refaire. Augmenter la mise en se persuadant qu'il finirait par compenser les pertes jusqu'à ne plus avoir de mise à perdre. *Nhar sheitan*, Farid enrage. Et Tarik, ce genre de jeune cave. Le genre à prendre sa wago perso pour aller en Espagne. Le genre à mettre une carotte à Hassan. Le genre à être pisté par les condés.

Après deux heures d'attente, un douanier appelle enfin Yousra. Vous bougez pas, vous êtes sages, les enfants, elle leur dit avant de disparaître dans un couloir derrière le fonctionnaire. Riad espère qu'ils ne vont pas la soumettre à un nouvel interrogatoire. Ses craintes se dissipent quand elle débouche du même couloir quinze minutes plus tard. Mais sa mine est déconfite. Ils sortent du bâtiment sans s'attarder. Alors ? Ils gardent Hassan, il sera sans doute extradé vers la France. OK... C'est pas une grande nouvelle pour Riad. Et à part ça, ils ont remis à Yousra une autorisation. On lui permet de se rendre sur le site de la douane pour récupérer des affaires dans le J5 du mari. Elle a prévenu qu'un cousin l'accompagnerait, ils ne s'y sont pas opposés.

Ils ont l'adresse. Sur les hauteurs de Malaga. À quelques centaines de mètres des lieux, Farid ralentit. Mur d'enceinte avec barbelés, caméras de vidéo-surveillance, c'est autre chose que la fourrière municipale de chez lui, mais c'est pas Alcatraz non plus, le petit bâtiment fait pitié. Deux véhicules des douanes sur le parking, les effectifs ont pas l'air pléthoriques. Mounir propose d'aller voir à l'intérieur, de prétendre qu'ils sont perdus, de demander le chemin pour aller à la plage ? OK, mais garde les lunettes de soleil et les mets pas demain, faut pas qu'on te reconnaisse. Mounir s'approche de la petite construction qui abrite quelques bureaux et un accueil sommaire. De l'extérieur on ne voit pas âme qui vive. Mounir passe timidement le seuil du bâtiment, en ressort dix secondes après, revient, déjà en sueur.

Un type à l'accueil. Peut-être un autre derrière, même pas sûr, l'informe Mounir. Que faire ? Les saucissonner ? Risqué... ça veut dire une alerte dans les heures qui suivent, des recherches. Mieux vaut éviter. Faut que ça passe en douceur, on vient récupérer des affaires. Ça lui paraît trop facile, si ça passe ainsi. On repart ou quoi ? Mounir le tire de ses pensées. Ils reprennent la route. Farid allume une cigarette, ouvre sa vitre pour y poser le coude.

À l'appartement, ils retrouvent Riad, Yousra et ses enfants. Dernière soirée à tuer. Les petits sont sur la Game Boy. Yousra, il était bon ton tajine, tu veux bien en refaire un ce soir? Mounir se propose d'aller chercher quelques provisions, Yousra lui indique les ingrédients dont elle a besoin. Pendant ce temps, Riad tombe sur le match du Real à la télé. Le Real de Zidane. Le petit en oublie la Nintendo quelques instants, jusqu'à ce que sa sœur la lui demande puisqu'il ne joue pas. Yousra exécute son tajine presque mécaniquement. La viande, les légumes, la coriandre parfument la pièce. Au coup de sifflet final, le plat est prêt, chacun va se laver les mains. Rayane croit pouvoir y échapper, mais sa mère s'assure qu'il passe par le lavabo avant de se mettre à table. *Bismillah*. Ils s'installent autour du plat. Rayane a retenu la leçon et prend devant lui avec le pain. Ils mangent dans un relatif silence, non pas à cause des soucis de chacun, mais parce qu'ils se régalent et en oublient le reste un instant.

On va sortir un peu, la prévient Farid après le dîner. Il a envie d'une bière, et veut parler plus librement aux autres, même s'il a peu à leur dire. Ils trouvent une terrasse où s'installer. Bon, pour demain, je vois qu'une option.

« Il attend... dans la position du chhhasseur ! »

Au matin du dernier jour, on a nos habitudes. Expresso en bas. Le patron nous reconnaît en nous voyant arriver. En buvant nos cafés, on convient de rester à Malaga, on a assez roulé les jours précédents. Je vois Farid soucieux encore. Eh ouais, Matthieu, on rentre déjà demain, la routine, les soucis... Les soucis ? Quel genre de soucis, je m'enquiers. Il soupire, hésite, puis me raconte pour son jeune cousin Redouane. Celui-ci était en affaire avec un de ses amis d'enfance. Après quelques années, son associé vend à Redouane ses parts du terrain qu'ils tiennent ensemble en bas d'une tour. L'associé part en vacances à Pattaya ou en République dominicaine, il claque ses tunes et revient menacer le cousin pour reprendre le point de vente qui lui a pourtant été payé. Va niquer ta mère, lui répond Redouane. L'ancien associé et un de ses potes apprécient pas. Quelques semaines après, ils montent un guet-apens pour attirer le cousin et le fumer. Mais leur projet s'ébruite.

Même si personne ne semble faire attention à notre discussion, Farid baisse de deux tons, il est pas loin de chuchoter. On en est là tu vois. Il va falloir agir d'une manière ou d'une autre, poursuit Farid. Et ça le saoule parce que c'est pas ses embrouilles à lui en plus. Mais ce cousin, c'est comme un petit frère. Le neveu préféré de sa mère. Moi je pense à ma gueule, je me dis que j'aimerais pas me retrouver dans un drive-by et finir en victime collatérale d'un « règlement de comptes sur fond de trafic de stupéfiants », comme dit la presse. Allez, on va pas se niquer la bonne humeur pour des embrouilles de *hagouns*. Comme prévu, on sort en quête de shit.

Farid nous conduit jusqu'à la gare routière avec sa façade au toit vitré à trois pentes, en forme de triangle surmonté d'arches. Architecture bizarre, je me dis. On se gare sur l'avenue qui part en face, devant une boutique de vente et rachat d'or. Il y en a plusieurs aux alentours parmi les cafés, sandwicheries, opticiens et autres commerces. Gare routière, rachat d'or, je me fais la réflexion que le coin doit attirer son lot de toxicos en quête d'objets à chouraver et à revendre. À l'ombre d'un platane, à proximité d'un arrêt de bus et d'un kiosque de Loterías, une petite poignée de blédards maghrébins guette les passants, en interpelle certains. Ils vendent des cigarettes, ça fait pas de doute. On se croirait à Barbès ou au métro Aubervilliers-Pantin-Quatre Chemins. On se dirige vers eux. Je laisse faire Farid en arabe pour un bout de teushi. Ils ont rien avec eux, ils font que dans les cigarettes. Mais l'un d'entre eux siffle un type de l'autre côté de l'avenue et lui fait signe d'approcher. Il fait pas plus que la cinquantaine, mais il a déjà plus de dents. Il se fait expliquer notre demande. Il nous dévisage puis nous invite à le suivre. Maghribi ? Il demande à Farid alors qu'on traverse l'avenue. Non, djazairi. Moi ? Françaoui, je lui réponds. Lui il est de Dar El Beida, c'est difficile en Espagne, la crise, pas de *khedma*. Il met quelques mots en Français, j'en comprends quelques autres, et Farid me fait la traduction. On passe devant un coiffeur Salim, une épicerie exotique tenue par des Chinois, un salon de manucure, on suit ses baskets quatre bandes qui avancent rapidement, et au paseo de los Tilos on tourne dans la calle Edison. Dans cette rue, on prend rapidement dans un petit passage qui mène à une cour intérieure et au hall d'entrée d'un immeuble. Notre guide tire et pousse la porte d'entrée d'un coup sec, on monte un petit escalier et on se dirige vers le fond d'un couloir. Il sort une clé pour ouvrir la porte dont la serrure a visiblement été changée plusieurs fois. De petits jours autour ont été comblés avec du mastic. Le bois même à hauteur de la poignée semble avoir été recollé. Comme si elle avait été réparée après avoir été forcée au pied de biche. A l'intérieur du studio, l'ameublement est rudimentaire. Deux matelas, un meuble avec une télé, une plaque électrique au sol, à côté une théière. Je vois pas grand-chose de plus. D'un sac plastique dans un coin, le gars sort un bout de shit d'une dizaine de grammes, encore scotché sur les côtés. Il nous croque un bout généreux pour 10 balles, le tend à Farid, qui le renifle et me le passe. J'en fais autant. Il me regarde l'air de me demander ce que j'en pense. C'est pas du très bon à mon avis, mais pour un soir ça fera l'affaire. En nous entendant, notre vendeur intervient, si, si, bon *zetla khoya*. On se regarde en haussant les sourcils, on connaît. On a jamais vu un gars vendre une barrette en disant c'est de la merde.

Ensuite, Farid veut aller voir les Chinois. On arrive dans une espèce de zone commerciale en passant devant le New Scandalo. Un bordel. Là aussi, raconte Farid, des mecs venaient, et viennent toujours flamber. Ils montent dans des chambres à l'étage avec trois quatre filles en même temps. Ils tombent des bouteilles, ils flambent. Et tu peux être sûr qu'ils sont régulièrement observés par des flics, Interpol notamment. Le genre d'endroit où Farid s'est toujours refusé à s'afficher. Il paye pas pour une meuf, c'est un principe, et surtout pas dans un repaire de flics comme le New Scandalo. Dans la zone commerciale, on est au milieu de gros hangars colorés, bardés d'enseignes et de noms en espagnol, en anglais ou en caractère chinois. Hong-Wang. O'best Fashion Style. On va voir là. Je me demande si Farid y va au pif ou connaît déjà des adresses. Je me rends vite compte qu'il a vraiment pas d'idée précise sur la nature de son futur commerce. On visite d'abord des grossistes textile, Farid étudie des articles, des robes, demande des prix aux Chinois qui répondent en espagnol avec leur accent qui oblige parfois Farid à les faire répéter.

Quelques autres magasins, de la vaisselle, des souvenirs de plage, du genre porte-clé de singe en plastique mou d'où sort une teub quand on appuie dessus. Farid finit ses repérages. On décide d'aller manger un morceau en ville.

Avant, il veut passer par l'appartement d'un collègue qu'il n'a pas vu depuis des années. On trouve une place au pied de l'immeuble. Farid sonne une nouvelle fois à l'interphone puis recule de quelques pas sur le trottoir pour voir si un visage apparaît à une fenêtre. Deux doigts dans la bouche, il siffle. Toujours rien. Ooooh Kamel oooh. Pas plus de réussite. Farid remonte dans la voiture la mine renfrognée sans faire de commentaire.

Juan, mon ami d'enfance qui passe ses étés dans sa famille de Malaga depuis tout petit, m'a recommandé un resto typique du centre pour l'ambiance. Je cherche El Pimpi sur Google Maps et je repère le chemin qu'on doit emprunter. On arrive dans la grande taverne-bar à tapas, ses salles blanches voûtées, ses barriques, sa déco avec bustes de taureaux empaillés et tableaux sur la tauromachie. Ambiance animée, bruyante. Des groupes patientent et boivent des verres en attendant de la place. Nous coupons la file des groupes quand une table pour deux se libère.

Farid retrouve un peu de légèreté. On apprécie le cadre. Il est tenté par une petite ligne, mais avant même que je commente, il refrène son envie : ça risquerait de nous couper l'appétit, mieux vaut attendre après le repas. En plus, le serveur se pointe au même moment pour prendre nos commandes. On se fait un petit assortiment de tapas *para compartir* avec un poisson grillé.

Les plats arrivent vite. Vu la foule, les files d'attente pour s'asseoir, ça doit charbonner en cuisine. Des Africains, ou des mecs d'Amérique du Sud, je remarque en voyant deux employés sortir prendre une pause. On descend une bouteille de Rioja. On décline les *postres* en dessert. Le dessert va se passer aux toilettes, je me dis quand Farid se lève à la fin de nos plats. Il revient, me passe la coke, je vais aux toilettes. Je reviens m'asseoir et je suis déjà en sueur, le palpitant qui tambourine. Ça doit vraiment niquer le cœur la C, je me dis. Je me promets d'arrêter de taper en rentrant, et la seconde d'après je suis en train de mater une Espagnole dans sa robe moulante. Farid suit mon regard. Elle est bonne, hein. Le flagrant délit me fait sourire. On va boire un verre ailleurs, je propose.

On se retrouve sur la petite place du premier soir. Eh voilà, mon petit Matthieu, déjà le dernier soir, ça passe vite. Demain on va retrouver la merde. Tu reprends le boulot quand ? Me parle pas de ça, revoir leurs sales faces, j'ai même pas envie d'y penser, je lui dis. La discussion glisse sur un fait-divers qu'on a tous les deux suivis :

un buraliste quelque part dans le Sud-Ouest qui a abattu un mineur qui tentait de le cambrioler une nuit. On a tous les deux vu l'avocat de la victime, à la télé. On s'accorde pour dire que c'est un sacré comédien. Je me lance dans une imitation du baveux en interview qui parle du buraliste qui savait qu'on allait le cambrioler et qui s'était embusqué dans son bar-tabac : « Il attend... dans la position du chhhasseur ! » Farid éclate de rire. C'est exactement ça, il commente, il se croit toujours au tribunal, ou au théâtre. On parle vite et fort. Je sais pas si c'est la poudre, l'alcool ou les deux, mais on est euphoriques.

La première pinte de bière en appelle une deuxième qui appelle une ligne. La discussion reprend sur la justice, les comparutions immédiates auxquelles on a parfois assisté, chacun de son côté, sur notre temps libre. Les délits improbables et les dénégations rocambolesques. La misère sociale, la justice souvent expéditive avec les plus pauvres. Parfois équitable, quand elle condamne le buraliste. On boit des pintes en riant bruyamment jusqu'à la fermeture du bar un peu avant deux heures du matin. Farid gère la conduite jusqu'à l'appartement. On fume un dernier joint, on se réjouit une dernière fois. Ça fait du bien de partir hein, ça fait plaisir

Matthieu, on s'est bien entendus c'était cool. C'est vrai, des fois, c'est pas évident, tu pars avec quelqu'un c'est H24, c'est différent, tu peux te prendre la tête et tout. Mais là, *hamdoullah*, on a passé un bon séjour, faudra qu'on se le refasse. Je confirme. C'est con quand même je me dis en allant me coucher trop bourré pour prendre des notes. J'aurais besoin de quelques jours supplémentaires, pour glaner encore des infos.

Mauvais présage

Tic-tac, le compte à rebours est enclenché dans sa tête. Mounir et Riad ronflent encore sur le matelas gonflable. Il ouvre les yeux avant tout le monde, la tête pleine de questions. Tu le prends ou pas ? Sur toi, au cas où. Ou tu le laisses dans la voiture ? Ouais, mais la meuf. Pas chargé sinon ? Au cas où. Ou juste dans la boîte à gants ? Mais s'il se fait choper, il sait que chargé ou pas, ça fait pas de différence selon la loi. Ce putain de flingue. Braquer ? Saucissonner ? Comment procéder ? C'est moins clair que d'habitude dans sa tête. D'habitude, il contrôle tout. Mais là... Faut la jouer fine. C'est pas comme s'il devait aller récupérer des dettes. Dans ces cas-là, ça vient tout seul, pas besoin de réfléchir. Il a ça en lui depuis longtemps. Il rumine, il enrage, la colère monte. Il ouvre les vannes, il lâche les chevaux. C'est pourquoi on l'a orienté vers le kickboxing plus jeune. Canaliser. Et ça a marché, il a appris à se contenir, un peu. Mais ses rages impulsives ont également contribué au respect et à la crainte qu'il inspire. L'ont envoyé en prison aussi quand une petite frappe a voulu enculer son frère et qu'il a dû la défoncer.

Là, pas question d'y aller en force. Il décide de ne pas prendre le flingue. Ils devront passer pour des trimards. Des ouvriers agricoles des exploitations du sud de l'Espagne. Ça veut dire pas de joncaille non plus, enlever leurs chaînes, montres, chevalières. Même leurs baskets sont connotées banlieues françaises, il se dit. Il leur faut des 4 bandes ou des grosses sandales, des tee-shirts et casquettes genre textile chinois du marché.

Si tout se passe bien, ce soir on a la marchandise et on est débarrassés de Yousra et ses gosses. Il s'est presque attaché à eux, mais ces quelques jours suffisent. Un dernier petit déjeuner à gérer. Il se douche, se prépare, en tâchant de ne réveiller personne, même si ses allées et venues dans l'espace réduit à proximité du matelas ont l'air d'avoir fait bouger Mounir. Il lui fait un signe de la tête quand il croise son regard au moment d'ouvrir la porte d'entrée, et il descend. Il se rend au Mini Market. Le soleil s'est élevé au-dessus des bâtiments. Il met ses lunettes de soleil. Il savourerait le moment sans cette putain de mission. Il emmènerait sa femme faire du bateau. « Sa femme. » C'est la première fois qu'il envisage Stéphanie en ces termes. Non pas qu'il projette de se marier, mais c'est du sérieux cette fois. Ne pas merder, ne pas se faire serrer.

Au Mini Market, il achète des pains au lait, des céréales, du jus de fruit et du café. Dans l'appartement, Mounir et Riad finissent de dégonfler le matelas. Les gosses sont devant la télé, Yousra est affairée devant une poêle dans le coin cuisine. L'odeur du msemen embaume tout l'appartement. J'ai trouvé de la farine, elle s'excuse presque de son initiative en voyant Farid avec son sac de provisions. C'est rien, fait Farid. Il hume ce parfum de samedi matin, avant d'enfiler les gants et de monter sur le ring. Il préfère de loin le msemen aux petits pains industriels. Ils se répartissent sur la table du salon et la table basse. Riad prépare un café une fois que Yousra termine sa dernière crêpe. Plein de couches fines à l'intérieur, son msemen fait presque l'unanimité. Seul le petit lui préfère les céréales. Mounir lui dit qu'il a tort, que c'est bon, que ça donne plus de forces que les céréales, et qu'il a de la chance que sa mère cuisine aussi bien, qu'il y a plein d'enfants qui adoreraient avoir ça au petit déjeuner. À la télé, les infos espagnoles montrent des images d'interpellation sur une plage. Des visages floutés d'hommes menottés qu'on embarque, un Zodiac rempli de ballots de shit. Farid éteint nerveusement la télé. Mauvais présage.

Devant la fin de leur café, Riad et Mounir cherchent Farid du regard, en attente de précisions sur l'opération. Il les voit mais reste perdu dans ses pensées. Il remue machinalement la cuillère dans sa tasse même si le sucre s'est dissous depuis un moment. Mounir, Yousra et lui iront à la fourrière, son frère gardera les enfants. Il sait que Riad préférerait être avec lui, mais si ça tourne mal, il ne veut pas lui faire risquer l'incarcération. Deux de ses fils en prison en même temps, ça ferait beaucoup pour sa mère, elle a déjà donné. Il met ses deux complices au courant de ses plans. Un éclair de dépit parcourt le visage de Riad, mais il ne proteste pas, il comprend la logique de son frère. Il nous faut des tenues de *zoufri*, il lance à Mounir. On va aller chez les Chinois en bas. Farid se lève, Mounir y voit une invitation à se bouger. Il enfile sa paire de Nike Air près de la porte d'entrée.

Dehors, Mounir demande des détails. On fait quoi s'ils nous laissent pas aller au fourgon, manière de demander si Farid envisage la manière forte. Rien, frère. On va y aller en douceur et ça va passer. Pas de pétard. Chez les Chinois, ils trouvent rapidement ce qu'ils cherchent. Un jean informe et une chemisette bariolée pour Farid, une espèce de pantacourt pour Mounir qui gardera son vieux tee-shirt délavé, puis des baskets sans marque et une paire de sandales imitations cuir. Je vais ressembler au vieux Bouzid, fait remarquer Mounir. Ils s'amuseraient de ces accoutrements s'ils n'avaient pas tout ce shit, des centaines de milliers d'euros, à récupérer. Farid achète aussi des sacs de blédards quadrillés en plastique.

Ils remontent à l'appartement. Farid regarde l'heure compulsivement. Il entend se rendre à la fourrière à l'heure chaude, en espérant que le fonctionnaire sur place ne les accompagnera pas au fourgon en plein soleil. Ne pas oublier de l'enlever, sa montre, d'ailleurs. Trop voyante, trop chère. 11 h 30. Encore deux heures à tuer. Les enfants commencent à tourner en rond. Vous voulez aller à la plage ? il leur propose. Ouiii, ils répondent en chœur.

Le soleil cogne sec, il fait déjà chaud. La brise qui les accueille sur le sable rend la chaleur supportable. La petite Ines se remet en quête de coquillages. Mounir et Riad jouent au foot avec

Rayane. Farid est toujours entre ses pensées et sa montre. Yousra le voit songeur. Tout en surveillant sa fille du regard, elle s'assoit à côté de lui et lui demande si tout va bien. Il ne doit pas lui communiquer son stress, se dit-il en la voyant plus préoccupée à son tour. Oui, tout va bien, il se force à sourire. Il en profite pour prévenir Yousra. Tout à l'heure, les enfants vont rester avec Riad, ça sert à rien qu'ils viennent, hein. *Wakha*. Ça l'inquiète de les confier, mais elle a vu que Riad était prévenant, elle y consent.

Farid se décide à arrêter de cogiter, ça sert à rien de ressasser, ils verront bien sur place. Il se lève pour taper un peu dans le ballon, se dégourdir les jambes. Quelques passes et tirs avant de prendre la direction de la terrasse d'une pizzéria sur le front de mer. Farid appelle assez vite un serveur, pas de temps à perdre avec les cartes, il commande des menus para los niños, des margaritas, quatre fromages et des sodas. L'ambiance autour de la table est toujours pesante. Tout à leurs soucis, ils échangent des banalités sur le temps ou sur le rythme de vie des Espagnols qui tardent à servir la commande. Seuls les enfants égayent parfois la tablée. Ines montre ses plus jolis coquillages. Et puis Yousra contient un sanglot quand sa fille brandit celui qu'elle réserve à son père.

Retour à l'appartement. C'est l'heure de se changer. Rayane arrache un sourire à Farid quand il montre Mounir du doigt : on dirait tonton Moha au Maroc. Ainsi attifé, Mounir a vraiment l'air de débarquer du bled. En se voyant dans la glace avec sa chemisette, son jean mal coupé et ses baskets bon marché, Farid pense à un de ses cousins en Algérie. Quelques dents en moins, une calvitie un peu plus prononcée, et la ressemblance serait troublante. Avant de partir, il passe aux toilettes. Il dépose un peu de poudre sur la lunette fermée. Il tire la chasse d'eau pour dissimuler le bruit de l'inhalation. Il se regarde dans la glace, s'asperge le visage d'eau froide.

Alors qu'ils montent dans la voiture, Farid vérifie auprès de Yousra qu'elle a bien pris le papier des douanes. Le véhicule quitte sa place à l'ombre et Farid constate que, comme il l'espérait, le soleil tape fort. Il augmente un peu la puissance de la climatisation. Il fumerait bien une cigarette. Il s'abstient un instant pour ne pas incommoder Yousra. Et puis merde, qu'est-ce qu'il s'en bat les couilles de cette galérienne. Il allume une clope et descend la vitre. La vingtaine de minutes de route lui paraît durer une heure. On parle en arabe hein, Mounir traduira ce que dit le garde. Toi, tu dis juste *wakha*, *wakha*, il la briefe encore.

Une fois garés sur le parking, ils laissent leurs lunettes noires dans la boîte à gants. Dans le coffre, Farid récupère des outils, une clé et un tournevis qu'il planque dans un des sacs de blédard. Il tâche de changer sa démarche, avance d'un pas pataud, baisse le menton. Yousra tient les sacs qu'ils espèrent remplir. Ils pénètrent dans la petite pièce qui fait office d'accueil. *Hola*, timide. Avachi sur sa chaise de bureau, les pieds sur un tabouret, le fonctionnaire moustachu et joufflu de service met quelques secondes à leur prêter attention, concentré sur un débat radiophonique au sujet des matchs de la veille. Il finit par baisser le volume en tendant le bras vers une étagère. Il se redresse et daigne faire pivoter sa chaise vers eux, sans dire un mot. Il passe en revue les trois intrus et se contente d'un signe de la tête manière de demander ce qui les amène. Yousra s'avance sur la pointe des pieds vers le comptoir et tend son papier officiel. Le garde l'examine. Il relève la tête vers le trio. Même en sourdine, le poste de radio laisse échapper des éclats de voix. Le garde bouge la souris de son ordinateur, l'écran met du temps à se rallumer. *Joder*, il jure, contraint d'attendre. Puis il ouvre le logiciel et entre un numéro qui figure sur le papier. Allée D, vers la droite, et tout au bout. Mounir dit quelques mots en arabe à Yousra qui acquiesce. Le douanier appuie sur un bouton qui déclenche le déverrouillage d'une porte métallique au fond la pièce. Au clic de la serrure, ils comprennent qu'ils doivent passer la porte. *Gracias, gracias*, la tête dans les épaules comme sous l'ordre d'un contremaître, le planton les a déjà oubliés quand ils s'avancent vers la porte.

Il ne les accompagne pas. Jusque-là tout va bien. Mais s'il demande à inspecter les sacs au retour ? On verra. En passant la porte, ils sont d'abord éblouis par le soleil qui brûle ce qui ressemble à un terrain vague et qui se reflète sur des centaines de vitres et de carrosseries. Farid et Mounir sont stoppés nets par le spectacle. Putain. Devant eux, des Bentley, Maserati, berlines allemandes, des engins de luxe. Plus loin des motos. Ailleurs des bateaux sur cales. Une collection à rendre jaloux un magnat du Golfe. Farid et Mounir échangent un regard ébahi avant de se reprendre. Il se dirigent vers l'allée D. Dans la collection de véhicules saisis, il y a aussi des utilitaires, quelques fourgonnettes. Il faut trouver la leur. Au bout, a dit le type. Ils avancent dans l'allée en regardant à droite et à gauche. Farid désigne un véhicule à Yousra. Non, pas celui-là. Elle porte une main à son front en visière. Là-bas peut-être. Ils pressent le pas. C'est le bon. La porte coulissante n'est pas verrouillée. Faire vite songe Farid en pleine montée d'adrénaline. Mais les bagages de la galerie ont été entassés n'importe comment à l'arrière. Ils doivent en dégager quelques-uns. Farid passe à Mounir qui passe à Yousra. À l'arrière, celle-ci ouvre une valise en quête d'effets personnels. Farid peut enfin accéder au plancher. Il sort sa clé pour dévisser les boulons des banquettes intermédiaires. Le premier coince, il s'agace, jure. Puis ça vient. Encore sept. Dans son empressement, il manque de se blesser quand la clé ripe sur des boulons récalcitrants. Pendant ce temps, prends un sac d'affaires à Yousra et sors-le pour voir s'il fouille, il dit à Mounir qui s'exécute illico. Ce dernier revient trois minutes après. C'est bon. Huit. Farid enlève le dernier boulon, il dégage encore quelques sacs en passant les bras sous la banquette. Il se met alors à secouer les sièges en poussant la banquette de son épaule, de son coude. Un bruit de raclement de métal retentit quand l'armature bouge, il pousse encore, la banquette recule, du plastique couleur sac poubelle apparaît. Il se hâte de le déchirer. Matériau genre bâche, ça résiste. Il y va avec les mains, avec la clé et peut enfin attraper les premiers pains de shit et les passer à Mounir, qui déplie les sacs de blédards et commence à les empiler.

Putain, il ont pas mis le cordage. Farid est furieux. Les blocs devraient être reliés par un cordage scotché, de sorte que les pains les plus éloignés de la trappe viennent naturellement en tirant. C'est quoi cette merde putain. Tout en continuant à sortir la marchandise, et contraint de se pencher de plus en plus dans la trappe d'un mètre de large, Farid se dit que de toute façon, ils n'ont pas assez de bras pour les cent cinquante kilos.

Mounir sous-pèse un premier sac quadrillé bien rempli. Trop lourd, il doit en transvaser dans le deuxième. On va pas pouvoir tout prendre, il avertit. C'est impossible à sortir de toute façon lui répond Farid, résigné. Il se fait mal au thorax et à l'épaule en passant ses bras dans tous les sens pour attraper les derniers kilos à portée de main. Mounir les range. Trois sacs bien lourds. Trente kilos chacun peut-être. Ils devront s'en contenter. C'est déjà un bon rattrapage si ça passe. Farid tente de se réconforter même s'il est amer pour le fond de cale. Yousra a fini depuis un moment de transvaser quelques affaires dans une valise et un sac de sport. Elle les regarde éberluée. Elle savait qu'ils avaient des choses à récupérer. Elle se doutait de quoi. Mais elle découvre le volume et s'inquiète du retour jusqu'à la voiture. Bzef, elle peut pas s'empêcher de noter. T'inquiète pas, naturel, comme tout à l'heure.

Farid veut regarder sa montre. Il oublie qu'il l'a enlevée. Il a l'impression qu'ils sont là depuis des heures. Si personne ne vient, c'est que tout va bien. Ils repartent nettement plus lentement qu'à l'aller. Farid et Mounir prennent un sac chacun, le troisième à deux, et ils sont obligés de faire une pause à mi-chemin pour se désengourdir les bras. À l'approche du bâtiment, Farid remarque les caméras de vidéo-surveillance et prie pour que personne n'ait un œil sur l'écran de contrôle. Ils arrivent à la porte à verrouillage électromagnétique. Ils hésitent un instant avant de frapper pour se faire ouvrir. C'est signe que le mec ne les a pas suivis à la vidéo, il est sur le foot. Mounir et Farid laissent passer Yousra, inspirent profondément avant de reprendre les sacs déposés au sol. Il faut passer sans avoir l'air de peiner à cause du poids. On a récupéré quelques affaires de la famille, on repart, c'est tout. Naturel. Le journal dans les mains, le moustachu a remonté le son de la radio. Il lève vaguement la tête vers eux, entraperçoit les sacs quadrillés et se replonge dans la lecture de son journal. Il ne remarque pas les muscles tendus, les mâchoires crispées des deux complices qui longent son comptoir à petits pas. Ça marche on dirait, il nous prend vraiment pour des gros miséreux. Farid veut attendre de passer la porte pour jubiler. Yousra la leur tient puis les suit vers la voiture. Farid et Mounir se regardent sans oser sourire de toutes leurs dents. Encore quelques mètres, fermeture centralisée, coffre, bagages, portières, clé, contact, première. Ils s'éloignent, regardent une dernière fois vers le poste pour être certains que personne n'est sorti, qu'on ne les suit pas. Ils échangent un nouveau regard, et en chœur partent dans un grand fou rire. Ils finissent par se taper dans la main. Cent kilos putain. Au nez et à la barbe de ces bâtards, en douceur. Un kif. Farid se perd déjà dans ses calculs. Quelle marge malgré la perte ? Il rentre dans ses frais, c'est déjà une certitude. Il se rappelle que Yousra est à l'arrière. Au sortir d'un virage, il regarde dans le rétroviseur. Ils ont presque réussi à la faire sourire. Ça va Yousra ? Ça va. Mieux, *chouya*. Ils vont pouvoir venir te chercher ta famille maintenant. Oui, *inch'allah*.

À l'appartement, on dirait que les enfants ont senti une menace latente, ils fêtent leur mère comme si elle revenait de l'enfer. En voyant l'air de Farid et Mounir, Riad serre les poings avant de donner leur deux franches accolades, coup de poitrine en prime, à la manière de joueurs de NBA. Yousra ne perd pas de temps pour appeler ses cousins d'Espagne qui attendent de ses nouvelles. Ils peuvent être là en fin d'après-midi. Farid est détendu. Les enfants, vous allez bientôt partir, est-ce que vous voulez aller une dernière fois à la plage ? Profitez-en. Rayane est déjà en quête du ballon.

À la plage, la partie de foot se poursuit dans la mer. Ils finissent par tous se baigner, à l'exception de Yousra, pieds dans l'eau non loin d'Ines, qui a vite de l'eau à la taille. Plongeons, frappes, parades, une soupape a cédé, ils décompressent, à l'exception de Yousra, toujours obsédée par son avenir proche et par le sort d'Hassan.

Sur le chemin du retour, Farid paye des glaces italiennes aux enfants. Il les regarde tenter d'enrayer les coulures sur les côtés du cornet. Ils sont attachants tes enfants, continue à prendre soin d'eux, il glisse à Yousra. *Inch'allah*, merci. Les cousins sont déjà en bas quand ils arrivent à l'immeuble. Ils attendent à côté d'une Seat Ibiza hors d'âge. Farid et Mounir échangent un regard entendu : ils leur ressemblaient à s'y méprendre dans leur costume de l'après-midi. Quelques politesses d'usage, quelques formules bienveillantes et au revoir, ils embarquent, la voiture s'éloigne. Rayane se retourne sur la plage arrière et fait des signes de la main.

Sur le trottoir, ils ont presque un pincement au cœur. Mais le soulagement l'emporte. Farid fêterait bien ça, mais il y a encore le retour en France, et la plage l'a tué. Il demande à Mounir s'il lui reste un bout de shit à fumer pour le soir. Il me reste qu'un petit bout de cent kilos, plaisante son pote en retour. Ils repartent dans un nouveau fou rire. En tout cas, ce soir, un joint et je dors.

Ils remontent, prennent à leur tour une douche pour se débarrasser du sel de la baignade et sont tout heureux de trouver le reste de tajine de Yousra au frigo. Pour l'accompagner, Farid descend chercher un pack de six Heineken. Mounir et lui les boivent en mangeant, puis avec un joint sur lequel tire aussi Riad. A plusieurs reprises, il leur fait raconter l'épisode de l'après-midi. Comme ça ? Tranquille ! Mortel hein. Ils en rigolent encore. Avant le coucher, Farid reprend un air grave. Le retour, on le fait tranquille hein, en touristes. J'ai pas envie de passer par le Perthus, on va prendre par Bourg-Madame, Prades, on va voir du paysage. Ils partent le lendemain matin en convoi à deux voitures, roulent tranquille, font des pauses, prennent par la Cerdagne. Près d'une vingtaine d'heures plus tard, ils sont de retour en France, au quartier, prêts à débiter.

Je suis mon propre adversaire

On se lève tôt pour aller prendre l'avion. On fait un ménage rapide : papiers, miettes de tabac qui traînent. On claque la porte derrière nous en laissant les clés à l'intérieur comme l'a demandé le proprio ukrainien. On descend la poubelle et nos bagages. Dans la voiture, je mets le GPS pour retrouver l'agence de location et leur rendre leur tas de boue. On passe les contrôles de sécurité, Farid s'arrête au duty free, achète trois parfums. Devant nous à la caisse, une blonde avec une tête de Polonaise voit sa carte bleue rejetée. Eh voilà, les trimards de l'Est rentrent fauchés des vacances, plus de tunes, je fais à Farid. « Très drôle », réagit la meuf. Elle est Française, en fait. Farid et moi éclatons de rire alors qu'elle s'en va l'air digne et outragé. Farid a pas de problème de carte bleue, il règle ses parfums en espèces.

À la sortie de l'aéroport, en France, Farid

croise une connaissance. Une bonne connaissance même : ils se saluent chaleureusement, se donnent des nouvelles. Tu vois lui, il a pas l'air comme ça, mais c'est un des plus gros importateurs de C. Il est entre la France et l'Argentine, il a un frère installé sur place, ils brassent tellement, je pense qu'ils sont millionnaires. On récupère ma voiture, je dépose Farid chez lui. C'était trop court ces vacances, on est d'accord là-dessus. Avant d'ouvrir la portière pour aller rejoindre sa femme et ses gosses, Farid me tend son reste de coke. Un demi-gramme à peu près. J'hésite et puis je le prends.

Les mois passent. Je vis chez un pote entre les missions irrégulières. Je squatte son canapé en attendant de trouver un appartement. Je dois d'abord me faire trois mois de taf à peu près pleins, avoir des bulletins de salaire à fournir à des proprios. À moins que je fasse des faux. J'enchaîne des piges en province. Plus de cinq cents CDD pour la boîte, mais quand je candidate pour un poste au siège à Paris, la réponse est négative sans même qu'on m'accorde un entretien. J'entre pas dans leurs plans, je suis bon qu'à faire le bouche-trou. Quelques mois auparavant, un rédacteur en chef croisé sur un match m'a parlé de « diversité ». Ils manquent de Noirs et d'Arabes. Ils vont encore embaucher un fils à papa du bled, un fils de haut-fonctionnaire, de diplomate, venu faire ses études en France. Finalement, j'apprends qu'ils embauchent un fils à papa tout blanc, un Charles-Henri. Encore mieux. Il s'est bien foutu de ma gueule avec sa diversité. Faut que je trouve d'autres plans. J'écris des synopsis, j'envoie des propositions à droite à gauche. Je voudrais tellement faire un truc sur le groupe PRO8L3M que j'écoute en boucle, qui casse tout en Pologne, tourne en Europe, qui fait même kiffer mes potes français malgré la barrière de la langue. Dj Steez et Oskar, des proches des potes de JWP à Varsovie. J'écris à l'émission Tracks, d'Arte, mais je vends mal le truc ou j'ai pas les bons contacts, ça reste sans réponse.

Chez mon pote, vu qu'il est au chômage, on se couche tard, on se lève tard, on enchaîne les parties de Fifa en buvant des cafés et en fumant des joints de sa récolte. La O. G. Kush qu'il fait pousser tabasse. Depuis le voyage, j'ai pas écrit une ligne. De temps en temps, j'écoute des morceaux de Rim'K. *Je suis mon propre adversaire*, comme il dit dans *Monster*. J'ai rouvert mon carnet de notes une fois. J'ai eu du mal à me relire, et même quand j'ai réussi à déchiffrer des mots, ça a pas fait tilt. Le carnet qu'elle m'a offert... J'ai repensé à mon ex, ça m'a déprimé. J'ai jamais récupéré mes affaires. J'ai voulu le faire une fois en loucedé, elle avait changé la serrure. Mes photos d'adolescence, mes carnets de liaison du collège avec mes bonnes notes et ma collection étoffée de mots de profs et d'heures de colle, mes albums Panini incomplets Foot 89 à Foot 93, je me demande ce qu'elle en a fait. Rempli des sacs poubelle avec certainement. Fait un feu ? Je suis encore rongé par la culpabilité, j'ai rangé le carnet. Jour après jour, je me dis qu'il faudrait que je m'y colle. Et puis, je trouve toujours un prétexte pour remettre à plus tard.

Je prends un appartement à Aubervilliers, sur l'avenue Jean-Jaurès. Les épiceries exotiques d'en bas poussent des transpalettes de sacs de pomme de terre sur les pavés de l'arrière-cour, c'est bruyant, gros bordel du matin au soir, ça sent le poulet frit du snack d'en bas, y a des souris et des cafards. Du provisoire. Je suis souvent à sec. Les merdes s'accumulent. Je paye pour toutes les années à laisser traîner mes papiers. Les impôts et les amendes veulent me saisir, ils m'envoient des avis à tiers détenteur, des oppositions administratives. Ils peuvent toujours essayer de saisir, y a jamais assez sur mon CCP. Je roule sans contrôle technique depuis deux ans. Au volant, j'écoute PRO8L3M, PRO8L3M, encore PRO8L3M, et quantité de rappeurs polonais. Je me roule des joints tout en conduisant pour aller travailler, je transpire dès que je vois les condés au bord de la route. Je vais finir par me faire serrer. En voyant mes cernes, ils me feront sûrement aussi la salive.

Je meuble mon nouvel appartement comme je peux. Des potes me passent des chaises, une planche, des tréteaux. Je commande un matelas sur internet. Comme je suis vraiment à la dèche, je me remets à voler. Je trouve un Conforama dans Paris où y a pas de vigiles à la sortie. Je passe la sortie avec une couette sous le bras. J'avance sans me retourner, je suis déjà dans la rue, personne m'arrête. Cent balles économisées. Je me dis que c'est un coup de chance, que le vigile devait être en pause. Mais quand je reviens deux semaines après, toujours pas de vigile, et toujours cette sortie sans achats qui donne immédiatement sur la rue. Je retente ma chance, avec un aspirateur cette fois. Du coup, je prends pas le premier prix, et ça passe avec l'appareil à trois cents euros. À l'Intermarché près de chez moi, en revanche, je manque de me faire choper avec des ampoules. Je les mets dans mon fute mais c'est voyant, je tergiverse et puis je m'aperçois qu'un vigile me mate bizarre. Je laisse les ampoules, mais ce con fait sonner le portique au moment où je passe. Il se pointe. La feinte à deux francs, il a pas vu que j'ai reposé les ampoules. Elles déconnent vos machines parce que j'ai rien volé, je me permets de faire le malin. Il m'amène dans son local, ça me rappelle des souvenirs de jeunesse, la grosse tarte qu'un pote s'est pris pour des Malabars notamment. Le vigile me demande d'ouvrir mon pantalon. Vous voulez voir mes couilles aussi ? Je refais le malin. Faut pas me prendre pour un imbécile, on a des caméras hein. Vous vous êtes fait un film avec vos caméras. Il l'a mauvaise, j'arrête avec mes bravades et je m'en vais avec mon sac de courses. Détends-toi, c'est pas le magasin de ton père, mon vieux, je me dis en m'éloignant et en pensant aux réflexions de Gauz dans *Debout- payé*, un livre à conseiller aux voleurs comme aux vigiles.

Au moins, je peux accueillir ma fille, je lui ai aménagé une petite chambre. Pendant trois mois je me mets au chômage pour la garder, je l'emmène au parc, on mange des glaces, on fait du trampoline à la Villette, on va au cinéma, à la bibliothèque municipale, je lui lis des histoires avant la sieste et avant la nuit. Je profite, et je me dis qu'il me faut des lovés, pour lui offrir plus de jouets, plus de vacances. La gâter en plus de la chérir. Ça et aider ma mère qui m'a toujours soutenue. Je l'ai tapée régulièrement quand j'ai fini l'école de journalisme

– publique heureusement- au RSA. Deux cents euros par-ci, trois cents par-là. Elle qui se fait saigner aussi question loyer.

Écrire, je vois que ça. Je reprends mollement, mais j'essaie de me chauffer, de m'y remettre à la hargne. J'ai une revanche à prendre. Chaque fois, que je m'assois devant l'ordinateur, je repense à ce prof de français au lycée. « Élève peu intéressé par les lettres », « chahuteur », sur un Post-it sur mon dossier. J'aurais peut-être été plus intéressé s'il nous avait fait lire Donald Goines.

Je m'asseois devant l'ordinateur avec du rap français ou polonais énervé. Je partage le seum et la frustration de Nessbeal sur *Rimes instinctives*, la détermination du Varsovien Bonus RPK. Je mets les mêmes morceaux, deux, trois, quatre fois de suite. Je bloque souvent. Je roule un joint, je me lève, je fais une série de pompes, ou je branche Fifa pour une partie ou deux… et puis je débranche pas jusqu'au soir en enchaînant les cônes.

Je prends mes habitudes dans mon nouveau quartier. Je zigzague entre les « Marlboro, bled, bled » des vendeurs de cigarettes à la sauvette, à la sortie du métro. Je vais boire mon café au PMU d'un Kabyle qui fait bosser des serveuses roumaines côté Pantin, pas loin de l'avenue Jean-Jaurès, je sympathise avec la boulangère voilée d'en face qui fait les meilleurs croissants au beurre du coin. Pour le shit aussi, j'ai trouvé un point de vente.

J'écris les jours chômés entre deux contrats, mais les flics vont me donner l'occasion de m'y consacrer plus sérieusement. J'ai réussi à éviter ces connards en couvrant les manifestations de Gilets jaunes, non sans quelques menaces. Il est fragile votre matériel, faites attention hein… Ils aiment pas qu'on photographie les interpellations. Je prends pas le coup de matraque en manif, mais en allant chercher du shit au mauvais moment, c'est moins glorieux. À peine le temps de mettre mon dix balles dans la poche qu'ils débarquent en nombre. Je me demande ce que foutaient les choufs. Ouais, ça paaaasse ! Quand ils se sont mis à gueuler à la vue du fourgon, les bleus s'étaient déjà déployés à pied. Une flic en uniforme me retient, me dit de descendre de vélo, j'essaie de forcer et de partir quand même. Putain de Vélib' trop lourd, son collègue me stoppe de deux coups de matraques dans le mollet puis le bras. Je douille, ma jambe me fait mal comme après une béquille puissance dix. Je m'appuie sur un mur et la sale pute m'ordonne de me redresser : je vais pas te le dire cinquante fois. C'est toi qui as crié « ça passe » ? Avec ma barbe de quelques mois, mes lunettes de soleil, elle me prend pour un des protagonistes du trafic. Mais nan, c'est un client, son collègue a plus l'œil que cette paysanne mutée en région parisienne. Je me retrouve à me faire palper en même temps qu'un blédard africain avec qui j'avais échangé quelques mots juste avant. Il m'avait demandé comment c'était servi, je lui avais montré le dix balles. OK, bien, c'est du jaune en plus. T'as du stup ? me demande la flic. Non, je venais acheter mais j'ai pas eu le temps. Elle me tâte et trouve les dix euros. Et ça c'est quoi, tu nous prends pour des cons ? Ça, je l'avais déjà sur moi je l'avais oublié, je venais voir s'ils avaient de la beuh ici. Bizarrement, ils ont l'air de me croire. Alors, on fait quoi, tu passes l'après-midi au poste ? Il croit me faire peur ce blaireau. Il me fait le refrain de faut pas acheter là, à des mineurs, bla-bla. Si t'as l'adresse d'un coffee shop, je suis preneur, je me dis. Le regard vide, je le laisse finir sans réagir. Moins j'échange avec eux mieux c'est. Je réponds au minimum nécessaire, je donne mon adresse et nom, je suis pas connu. Comme papiers, j'ai que ma carte de presse. Là, ils se mettent à me vouvoyer. Bon, vous allez détruire ça, et leur chef me tend la boulette de jaune, que j'écrase sans conviction. Mieux que ça ! m'ordonne la flic. Quelle sale pute. Au même moment, deux autres flics passent avec un adolescent noir, le bicraveur, menotté. C'est bon, on l'a avec le conditionnement, on a tout ce qu'il faut. Avant de remballer, ceux qui m'ont attrapé montent faire un tour sur la petite dalle au-dessus des arcades. Je me retrouve tout seul avec mon dix euros écrasé à mes pieds. Je ramasse des miettes, essaie de reconstituer mon bout. T'es sérieux frérot me dit un galérien qui passe, ils sont encore juste là, en me montrant les escaliers qui montent vers la petite dalle. Je hausse les épaules, range mon morceau de résine agrémenté de poussière et de gravillons. Je rentre chez moi, j'en fume un et j'applique de la glace sur mon mollet raidi, gonflé et rosacé.

Après quelques jours, je me rends compte que la blessure est un peu plus sérieuse qu'une béquille. Non seulement je peux toujours pas marcher normalement, mais la cheville a enflé, s'est coloré de jaune. Mais comme un connard, j'attends quelques jours de plus pour consulter. Rapport curatif des classes populaires à la médecine, je me rappelle les cours de politiques sociales en grimaçant dans la salle d'attente. Y a déjà quinze personnes chez le médecin. J'entends parler wolof, tamazight, serbo-croate. Le docteur me diagnostique une phlébite, à faire vérifier. Il passe deux trois coups de fils, pas de place pour un écho-Doppler dans le coin. Il finit par me trouver un rendez-vous en urgence dans un institut de radiologie du 8e. Vu l'adresse, et comme j'ai pas de mutuelle, je sais déjà que ça va me coûter bonbon. J'y vais en Heetch, je marche au ralenti jusqu'à l'immeuble haussmannien. Colonnes, moulures, dorures, gros tapis, dix minutes d'examen, cent quatre-vingts euros à régler, et j'ai bien une thrombose veineuse profonde également appelée phlébite.

Je suis à l'arrêt pour quelques semaines. Je m'astreins à écrire. Minimum mille mots par jour. J'ai vu ça dans un documentaire sur Jack London, c'était sa méthode. J'ai les statistiques sous OpenOffice, mais il devait galérer à compter, je remarque. Ce matin-là, je me lave, j'enfile mon bas de contention, j'avale mon anticoagulant avec un jus d'orange. Je sors boire un café. J'évite un rat mort sur le trottoir près d'une petite friche barricadée. J'étais à deux doigts hier avec l'Ajax, me dit Céline, la plus jeune de la famille chinoise qui tient le bar-tabac où je fais mes tickets, perchée derrière le comptoir cigarettes et paris sportifs. Je tends la main pour la saluer, je vais à gauche vers le zinc. Café ? me demande Thomas, le jeune serveur avec sa coiffure à mèche à la Chow Yun-Fat dans *The Killer*. Je me mets au comptoir entre des travailleurs du foyer malien et deux vieux turfistes de la cité d'à côté, un blanc, un maghrébin, qui comparent les cotes du quinté de l'après-midi. Sur l'une des télés accrochées au mur, je regarde des connards d'une chaine info débattre une énième fois du port du voile et débiter de la merde de connards qui vivent dans un autre monde. Une Chinoise fixe l'écran d'à côté, guette les résultats du Loto Amigo, le successeur du Rapido. Amigo, c'est un faux-ami dans ce cas-là, je me dis. Et puis le flash info capte mon attention. Je connais les lieux, j'y ai traîné. Ça parle d'un meurtre. Je reçois un message de Yacine sur Messenger. Regarde les infos. Je fais la connexion entre ce que je vois à la télé et son message. Un homme abattu, douilles de kalashnikov, âge de la victime, casier judiciaire. En même temps que je comprends, Yacine confirme. Farid s'est fait assassiner.

« La meilleure moula c au 22 »

Tout irait bien si j'étais pas privé de ma fille à cause de cette histoire de papelards de merde, à cause de moi qui ai pas voulu la reconnaître pendant la grossesse. Mon ex avait raison, j'allais au-devant de grandes souffrances en choisissant de lier mon destin à celui de sa connasse de mère. Obligé de casquer pour une avocate. Par chance, une de mes amies a passé le barreau. Elle s'occupe de mon dossier, m'arrange pour les tunes, mais les délais de la justice font que la procédure traîne, j'en vois pas le bout, ça peut durer deux ans, trois ans.

Je continue à prendre des piges et faire le bouche-trou, je m'enfume le matin, je m'enfume le midi pour faire passer le boulot qui me fait chier. Une fois de temps en temps, je suis content de donner la parole aux uns ou aux autres, de raconter telle histoire, mais en règle générale, j'en ai plus rien à foutre d'informer qui que ce soit. Souvent, de toute façon, les sujets qui m'intéressent un peu sont ceux auxquels les rédacteurs en chef accordent le moins de place. Les gens, ils veulent du positif, des sujets *feel good*, j'ai entendu récemment de la part d'un gros blaireau. Je lui mettrais des baffes quand il ouvre sa bouche pour parler « des gens ». On connaît pas les mêmes gens.

Ça me console plus de me dire que mes parents auraient aimé avoir mon salaire, que je suis pas à plaindre, que je me lève pas à cinq heures comme le daron à l'époque, que je m'esquinte pas le dos ou que je m'use pas la santé au turbin. Je rencontre tellement de gens que je peux pas encadrer. En pleine interview parfois je décroche, je m'imagine en train de mettre une patate à un élu, un procureur, un flic, ou de cracher au visage de la député LREM du coin, ou d'une responsable communication quelconque.

Je fais tourner le manuscrit à des potes d'abord. La première question qu'ils me posent : elle l'a lu ta meuf ? Je me suis remis en couple. C'est allé vite, on a pris un appart ensemble. Elle connaît mes frasques, j'ai été transparent sur l'histoire de ma fille. Elle connait un peu moins le reste. Quand j'ai commencé je lui ai signalé que j'écrivais des passages assez personnels, pas forcément très reluisants. Elle a manifesté un intérêt très lointain... Ah ouais, faudra que je le lise, elle a dit, sans grande conviction, ou je l'ai perçu comme tel. Peut-être que ça m'arrangeait de penser ça, pour ne pas avoir à me censurer en réfléchissant à ce qu'elle allait penser de tel ou tel passage. N'empêche, le moment où elle le lira risque d'arriver. Et elle aura des doutes sur ma capacité à être fidèle. Et pourtant, ça fait déjà deux ans et je me suis calmé, je l'aime et je nous imagine avec des enfants.

Depuis Malaga, la moitié de l'équipe est passée par la case prison, comme l'avait prédit Farid. Salim le meneur de jeu et Brahim l'arrière gauche du club, tous les deux sont incarcérés pour des histoires de stup, dans deux centres de détention différents. Salim se débrouille... Il fait des sous en prison. Il fait toutes sortes de Snap. Scènes de vie avec le vieux Dédé bedonnant et barbu qui passe dans sa cellule boire le café régulièrement. De temps en temps, ils sont potes et à d'autres moments, ils se traitent de gros pd. Dédé fait « l'auxi » et leur sert la gamelle. Parfois, les mecs du couloir s'amusent à le faire enrager, le traitent de rapia sur les portions, l'accusent de garder le fromage râpé pour sa gueule. L'autre jette tous les ustensiles, démerdez-vous ! et les jeunes se marrent. Salim fait aussi des Snaps pour informer qu'il a bien récupéré les colis jetés de l'extérieur de la prison. Une nuit, je le vois même récupérer le colis par les barreaux de sa cellule avec une canne à pêche maison, scotchée de partout. Quelques minutes plus tard, les pochons sont déballés : différentes sortes de beuh, de shit, sa cellule tient du coffee-shop. Les Snaps de ses permissions sont mémorables aussi. Des deux-trois jours intenses : virées en Hollande, sorties en boîte, bouteilles de Grey Goose, gros gamos immatriculés en Pologne (faut que je lui demande pourquoi en Pologne), gros joint en main au volant, compteur à deux-cents sur l'autoroute. Un jour, je vois qu'il regarde *The Wire* dans sa cellule, je l'embraye sur cette série, et je lui propose d'écrire un scénario à sa sortie. Il me renvoie direct un vocal : vas-y, Matthieu, avec plaisir mon pote, en plus tu connais, moi c'est que du vécu. Si ça pouvait se concrétiser... Il a encore un an à tirer. Je tâche de garder la tête froide et de pas me fantasmer en David Simon à la française. Pour me montrer qu'il a pris du galon, Salim m'envoie le Snap du four qu'il tient au quartier avec son équipe. Jour après jour, des images surréalistes : des empilements de kilos de shit, des sacs de cent litres remplis de beuh, des parpaings de coke compacts, et les messages promotionnels :

«40 € le 10 g de jaune la team, venez au 22, jamais de pénurie», « Ya la gorilla, amné, blue

dream, 3 sortes de shit, 3 sortes de beuh, qualité coffee la team», «Écaille 30 € le demi 50 le g», «La meilleure moula c au 22».

Des offres d'embauche de guetteur, de kéraveur aussi :

«Recherche bosseur cet après-midi. », «Encore une place pour bossé», «1 seul adresse le 22. »

Du côté de Brahim, l'arrière gauche, c'est moins l'opulence, mais il fait régulièrement des Snaps avec un joint, devant une série ou une partie de Fifa dans sa cellule, en promenade avec son équipe ou un autre détenu, sous-titré «le 100». J'ai de la peine pour lui quand il poste une photo de ses gosses à la rentrée ou à l'Aïd. Pas vingt-cinq ans, trois enfants et incarcéré. Des deux trois ans de prison ferme pour du cannabis... Deux fois, je lui envoie un code PCS à cinquante balles. Pas grand-chose mais il apprécie. «Tu me régales, fréro merci, je suis content qu'on soit restés en contact. C'est lui qui me ramenait des 50 g, 100 g, les derniers temps avant que je quitte la ville. Toujours pesé, toujours carré. Je lui envoie pas des tunes dans ce but, simplement parce que je l'apprécie, mais j'espère le revoir aussi, lui faire parler de son incarcération, de la mutinerie contre la pénitentiaire dont il m'a envoyé des images, avec intervention des GIR dans la cour pour forcer les détenus à réintégrer leurs cellules. Un journal de détention, un podcast radio, y a un truc à faire.

Snapchat, Farid s'y est mis aussi. J'utilise ce canal pour le prévenir que j'ai écrit un livre inspiré de notre voyage et de son histoire. Je tâche de le rassurer : y a pas de vrai prénom, c'est anonymisé. Je constate qu'il a lu les messages écrits, écouté les vocaux, mais pas de réponse pendant des semaines. Je le relance, toujours pas de réponse. Je m'inquiète, il doit pas être ravi. Et puis quelques semaines après, comme si je lui avais rien dit, il m'envoie des Snaps depuis Los Angeles où il est en vacances avec sa femme et ses gosses. Il m'envoie des vidéos d'un boulevard graffé sur des centaines de mètres. Il commente les images, *Regarde, Matthieu, tous les graffitis, j'ai pensé à toi direct mon pote, je sais que c'est ton kif, regarde*. Je réponds, je le remercie, *Ça tue, profitez*. Du coup, il m'envoie des Snaps tout au long de son séjour. *Oh regarde Matthieu, c'est là où ils ont tourné la fusillade* de ouf *dans* Heat». Snap sur Hollywood Boulevard, Snap au Staples Center pour un match de NBA.

J'attends qu'il rentre de ses vacances pour lui reparler du livre. Faut vraiment qu'on se voie, je veux pas publier le truc sans te faire lire. J'insiste et il finit par trouver un week-end. Il passe me voir. Il fait le tour de mon nouvel appart, commente. Ça va vous êtes bien, mais le loyer... c'est cher même en banlieue maintenant, c'est des chiens *wollah*. On discute de choses et d'autres, c'est le début de l'après-midi, on a faim, il me propose de sortir, je refuse, je préfère commander à bouffer. J'ai prévu un pack de bières, j'en ouvre deux et je sors le texte que j'ai imprimé. Ah ouais, tu m'as fait une embuscade, il rigole... C'est quoi alors ce truc... Ben t'as plus qu'à lire. La perspective de quelques heures de lecture l'enchante pas, je le vois bien. Mais il est quand même curieux de ce que j'ai bien pu raconter. Attends, avant je nous mets une petite ligne... Nan steuplé, on va être trop speed après, on va faire que parler, j'insiste pour qu'on tape plus tard. Je décapsule deux bières, il s'allume une clope, il prend le manuscrit. C'est parti. Je suis anxieux. Assez vite, je le vois sourire, être étonné, froncer les sourcils et relever la tête vers moi. Lis encore, on parle après je l'implore. Je le vois encore froncer les sourcils mais plutôt par incompréhension, vite suivi par un Ah, OK... Mais je vois qu'il enchaîne, il sourit, pouffe un peu, commente de temps en temps : T'es un ouf *wallah*. Je suis sur mon téléphone en même temps, essayant de pas trop l'épier. On rencontre assez vite des points de blocage quand même. Ça Matthieu, tu peux pas raconter ça en me parlant du kilo de coke dont il s'est débarrassé. Je bataille un petit quart d'heure à lui rappeler que y a pas son nom, ni son prénom ni sa ville, je souligne les changements... Et j'insiste encore : c'est impossible de te reconnaître, faut essayer de te dire que c'est deux personnages... Il est perplexe, mais reprend la lecture. Régulièrement, il sourit, rigole et me regarde en secouant la tête : t'es maboul, mais c'est bien quand même. Je suis content qu'il apprécie le passage avec les textes de Rim'K... En plus, je l'ai écouté tellement de fois cet album, il confirme. Oh, mais tu fais *khaf* Matthieu, y a des trucs on dirait que t'étais dans ma tête. Je suis flatté un instant, mais on arrive vite à un autre point de blocage : le plan à trois avec la vieille. Oh, mais t'as craqué Matthieu, j'ai jamais fait ça avec toi, c'est un de vos plans avec Yacine ça, pourquoi tu m'as mis là-dedans ? Je lui présente des excuses, mais c'était parfait pour expliquer l'histoire de la bouteille d'Oasis... Et encore une fois, c'est un personnage... Ouais, mais si ma femme tombe sur le livre, un jour. Y a des trucs où elle peut penser que le personnage vient de moi... tu peux me foutre dans la merde avec ça. Je lui dis que j'y ai pensé, et que j'ai imaginé une solution : un post-scriptum.

Après un long moment, Farid présente des signes de lassitude. C'est bien, mais je vais pas lire tout aujourd'hui quand même... il en reste. C'est bien hein, tu racontes bien... Malaga, c'est exactement comme ça s'est passé, mais putain je t'ai raconté trop de trucs, ça fait bizarre. Comme je vois que ça risque d'être compliqué de lui faire lire *in extenso*, je lui propose un survol, en particulier des parties de notre séjour, je lui résume. C'est con parce que tes histoires de branlette et de cul c'est quelque chose, il me charrie... Mais je vois que ça l'arrange, il a pas envie de se farcir toute la lecture, donc on se concentre sur les chapitres du passé, sur lesquels j'avais moins de billes, et sur lesquels je me sens plus fébrile. Il tique parfois, s'arrête pour réfléchir un instant, puis hausse les épaules. Dehors, le soleil commence à se coucher... Je ramasse les bières et en ressort d'autres au fur et à mesure. Là Matthieu, je nous mets une petite pointe, il me faut un stimulant. Va pour une pointe. Quand il en termine avec l'histoire de la douane, il conclut : bien franchement, bien. En vrai, y a pas mal de trucs qui se sont pas passés comme ça, par exemple tu vois... Attends, attends, je l'arrête. Me raconte pas Farid, je lui dis. Je lui demande simplement de me dire s'il trouve mon histoire crédible, pas trop éloignée de la réalité. Dans les grandes lignes, c'est ça, il me rassure. Mais tu m'as fait plus tranquille que j'étais à l'époque. Là, j'ai presque l'air sympa, en vrai j'étais plus nerveux que ça. Mais c'est crédible, c'est bien, ça prend. Reste l'épilogue. Il lit, il sourit mais perd le sourire dans les dernières lignes. Quoi ?! Tu m'as fait mourir ? Mais ça va pas ou quoi, tu veux me porter l'œil, Matthieu ? Il est vraiment furieux. Je me défends, je lui explique que je voulais brouiller les pistes pour le protéger, comme si je m'étais inspiré de la bio d'un mort, de sorte que la question de la vraie personne ne se pose pas, qu'il y ait pas de volonté de le retrouver. Mais attends, t'as changé les prénoms, et pas mal de trucs... Qu'est-ce qu'on s'en fout de brouiller les pistes, il m'oppose, c'est des vieilles histoires en plus, y a prescription. Je lui rétorque que si c'est un personnage, alors on peut le faire mourir. Ouais, mais le personnage, tu t'es inspiré de moi quand même, il est de l'école du rinçage de cul, c'est pas bien de le faire mourir. Les gens à qui je l'ai fait lire, ils ont kiffé ton personnage et ils étaient dégoûtés qu'il meure : donc là, ça fait qu'on garde le truc dramatique et on ajoute un rebondissement, le personnage ressuscite, c'est encore mieux. Bon, bon d'accord. Il capitule un peu sceptique. D'autant que la soirée est déjà avancée, son téléphone vibre, il est attendu. Il doit y aller, je le raccompagne à la porte. Tu me feras lire le post-scriptum hein ? Bien sûr, je réponds, même si je sais qu'il est difficile à attraper. On se donne l'accolade, prends soin de toi mon frère. À peine la porte fermée, je me remets à l'écriture.

Quelques minutes plus tard, je reçois un appel de Farid... Je suis inquiet, je flippe qu'il se ravise qu'il me dise qu'en fait c'est une très mauvaise idée, qu'on va le reconnaître... Et puis mes craintes sont vite dissipées, il a pas le temps de me parler, il a juste oublié de me dire : le livre, faudra l'envoyer à Rim'K.

ILS ONT COLLABORÉ À CE LIVRE :

PIERRE FOURNIAUD
COORDINATION

ELISABETH SAMAMA
DIRECTION ÉDITORIALE

CORINNE BERNARD
CORRECTION

REMY TRICOT
COUVERTURE

BRUNO RINGEVAL
COMPOSITION

DONATA JANSONAITE J
IMPRESSION

MARIE-ANNE LACOMA
SUIVI COMMERCIAL ET PROMOTIONNEL

AGENCE TRAMES
CESSION DE DROITS

LES ÉQUIPES DU CDE ET DE LA SODIS
DIFFUSION ET DISTRIBUTION

LES LIBRAIRES
COMMERCIALISATION ET PROMOTION

DÉPÔT LÉGAL : SEPTEMBRE 2021
IMPRIMÉ EN UE